illustration
KAEDE RIKURO

自分の意志ではその人から視線を外すこともできずに、
彼方は声もなくじっと見つめていた。
……どうしてだろう？
その人をただ見ているだけで、なぜだか胸の奥がきゅっと
掴まれたみたいに熱くなり、ひどく息が苦しくなる。

告白

KOKUHAKU

可南さらさ

SARASA KANAN presents

KAIOHSHA ガッシュ文庫

イラスト★六芦かえで

CONTENTS

★本作品の内容はすべてフィクションです。
実在の人物・地名・団体・事件などとは一切関係ありません。

告白
～キスをするまえに～

春のうららかな日差しに誘われるように、学園の裏手にある坂道を登っていくと、急に視界が開けて見事なまでの桜の木々が目に飛び込んできた。

「わ…」

思わず、感嘆の声が唇から零《こぼ》れ落ちる。

樹齢《じゅれい》百年を超えるものもあるといわれるこの裏山の桜は、鷹《たか》ノ峰《みね》学園の生徒たちの間でも密かな名所となっているらしい。

ここの卒業生である兄たちから話にだけは聞いていたそれを、是非《ぜひ》一度自分の目で確かめてみたくて、昼休みにこっそり校舎から抜け出してきたのだが、確かにそれだけの甲斐《かい》はある。

さすがにこの時間では他の見物人は誰もいない。シンとした景色の中で、薄桃色の花だけが静かに咲き誇《ほこ》っていた。

風に揺れるたびはらはらと地面に舞い落ちる花のせいで、地面はまるで薄桃色の絨毯《じゅうたん》を敷き詰められたようだ。

その光景に見惚《みと》れながら一歩一歩足を進めていった水谷彼方《みずたにかなた》は、そのとき、ひときわ大きな桜の木の下で静かに寝息を立てている人物に気付いて、小さく息を飲み込んだ。

——すごく綺麗《きれい》な人がいる…。

閉じていても切れ長だと分かる目や、彫像のように整った顔立ち。それが周囲の景色に違和感なくとけ込み、まるで完成された一枚の絵のように美しかった。

薄く閉じられた唇や、わずかに上下している胸の動きにすら目を奪《うば》われる。自分の意志ではその人から視線を外すこともできずに、彼方は声もなくじっと見つめていた。

……どうしてだろう？

その人をただ見ているだけで、なぜだか胸の奥がきゅっと摑《つか》まれたみたいに熱くなり、ひどく息が苦しくなる。

誰かを見てこんな風になったのは初めての経験だったが、ドキドキと激しく鳴り続ける心音は、決して不快なものではなかった。

ふと、ひときわ強い風が二人の間を吹き抜けていき、寝ているその人の唇にはらりと一枚、花びらが舞い落ちるのが見えた。

どうするか迷ったのは、一瞬。

彼方はそっと唾《つば》を飲み込むと、花びらに向かってそろそろと手を伸ばした。

だがその指先が唇に触れるか触れないかといったぎりぎりのところで、目の前の肩がピクリと揺れる。

慌《あわ》ててぱっと手を引くと、指先を暖かな吐息がかすめるのを感じた。

吸い込まれそうな色をした黒い瞳が、目の前でゆっくりと姿を現していく。

その人と初めて目が合った瞬間、彼方は自分を取り囲む世界が急に止まってしまったかのような、そんな錯覚《さっかく》を覚えて息を飲み込んだ。

はらはらと舞い落ち続ける桜も、澄《す》み渡った空も、なにもかも。その全てが突然、時を刻むのを止めたみたいに色褪《いろあ》せていく。

「…どうしたんだ？」

初めて耳にする声に、胸が震えた。

「え…？」

長く綺麗な指先がすっと伸びてきて、彼方の頬《ほお》を拭《ぬぐ》っていく。

見ればその指先には、なぜか光の粒が零れていた。

「お前……確か、新入生の水谷彼方だったな？　なにを泣いてるんだ？」

問いかけられて、彼方はそこで初めて自分が泣いていたことに気が付いた。

「ご、ごめんなさい」

自分の零した涙がその人の指を汚してしまっていることを知り、慌ててその指先の雫《しずく》をごしごしと拭いさる。

……な、なにやってるんだろ…。

自分でも訳が分からない己の行動にあたふたしながらも、彼方はこれまで感じたことのない強い衝動《しょうどう》につき動かされるまま、口を開いた。

「あ、あの…っ」

思いきって声をかけると、目の前の怜悧《れいり》な顔立ちが少しだけ左に傾《かたむ》く。

そんな些細《ささい》な動きにすら目を奪われる。

「あの……、俺…っ。俺…あなたのことが……好きみたいです」

怖いぐらいに切れ長で澄んだ瞳が、軽く見開かれた。

別にそれを伝えたところで、なにかしたいというわけではなかった。

ただ――ふいに強くわき起こった想いが身体《からだ》の中でいっぱいになって、コップの水が溢《あふ》れるように、自然と気持ちが零れ出てしまった。そんな感じだ。

こんなにも激しい感情につき動かされたのは初めてだ。

「……急に、なにを言うかと思えば」

突然すぎる彼方からの告白に、すっと伸びた綺麗な眉《まゆ》がひそめられる。次の瞬間、ふぅと大きく溜め息がその唇から零れた。

「くだらないな」

呟《つぶや》くと、それきり興味をなくしたようにふいと彼方から視線を外した彼は、手の中で握っていた眼鏡《めがね》を掛けなおした。

あまりにもそっけない一言に、ピシリとその場が凍りつく。

同時に怜悧な横顔の中にかすかな不機嫌さが含まれていることに気付いて、彼方はさっと顔色をなくした。

「あ……」

考えてみれば、至極《しごく》当然な話だろう。

見も知らない相手からじろじろと盗み見されたあげく、突然脈絡もなくそんなことを言われれば、なんの冗談かと不快感を覚えるのも無理はない。

だが生まれて初めての告白を、一ミリの余地もなくきっぱりと拒絶されてしまった事実に深いショックを受けた彼方は、目の奥がツンと熱くなるような感覚に慌てて俯《うつむ》いた。

「急に…変なことを言って、……すみません……でした」

じわりと溢れ出てきた涙を拭いながら、青ざめた顔で謝る。すると、再び呆《あき》れたような声が頭の上から降ってきた。

「男のくせに、こんなことくらいでいちいちメソメソするな」

「ご、ごめんなさい…っ」

慌てて謝りはしたものの、心臓に深く突き刺さるようなその言葉が痛すぎて、満足な声は出てこなかった。

涙腺《るいせん》が壊れてしまったのか、止まらなくなった涙を手の甲で乱暴にごしごしと拭うと、彼方はその場で一礼して立ち上がった。

これ以上みっともない泣き顔を晒《さら》して、彼に嫌われたくなかった。……もうすでに、遅いのかもしれないが。

来るときは時間をかけて登ってきた坂を、転がるように走り下りていく。あんなに見惚れていたはずの桜の花も、もはや今の彼方の心にはなにも響かなかった。

嗚咽《おえつ》が零れないよう奥歯をぎゅっと嚙みしめながら、先ほど交わしたばかりの会話を思い返す。

――自分の名前を知っていた。

低く綺麗な声で、男のくせにメソメソ泣くなと叱《しか》られた。

冷たく視線を外された。

それらを思い出すたびズキズキと胸が痛むというのに、なぜか彼と交わした短い時間の全てが忘れられず、彼方は繰り返し頭の中で思い返しては小さく鼻をすすった。

この苦すぎる彼との出会いが、いわゆる一目惚《ひとめぼ》れと呼ばれるものだと彼方が気が付いたのは、その日の夜、熱を出して寮で寝込んでからのことだった。

「あー…、悪いことは言わんから。アレは諦《あきら》めとけ。な？」

「……そんなに無理かな」

サロンとして使われている学生寮の一角で、可愛《かわい》らしく小首を傾《かし》げてみせた友人に、坂《さか》田《た》がきっぱり『無理だな』と頷《うなず》き返すと、彼方はそうとはっきり分かるくらいにしょんぼり肩を落とした。

途端に、周囲から『おい坂田。お前、水谷のこといじめてんじゃねーぞ』などと野次《やじ》が飛び交う。

「うるせぇ。外野はちょっと黙ってろ！」

それを一喝《いっかつ》して、坂田は周囲を黙らせた。

繊細《せんさい》でくりくりっとした愛らしい顔立ちに素直な性格が受けて、彼方は入学当初以来、このむさ苦しい寮の中ではオアシス的な存在となっている。

そんなアイドルに悲しい顔をさせていることが周囲には不満なのかもしれなかったが、この場合、坂田としては『仕方がないだろうが』としか言いようがなかった。

三人兄弟の末っ子として、年の離れた兄たちにさんざん甘やかされてきたこの友人は、非常に素直で可愛らしい性格をしているのだが、悪く言えばかなりの世間知らずで、少々鈍《にぶ》いところがある。

だからこそ無理なものは無理だと早めにきっぱり言ってやったほうが、彼のためだとも思っていた。

彼方が地元を離れて、自分と同じこの鷹ノ峰学園の学生寮に入ると聞いたとき、坂田は『こんな箱入り息子が、男ばかりの学生寮で果たしてうまくやっていけんのか…？』と他《ひ》人《と》ごとながら激しく心配したものだ。

いくら格式高い坊ちゃん高校とはいえ、年頃の男ばかり揃《そろ》った寮では鬱憤《うっぷん》も溜《た》まるし、時には歪《ゆが》んだ感情が渦巻《うずま》くこともあるらしい。

どこか少女めいた雰囲気を持つ彼も、そうした欲望の対象に晒されるのではないかと内心ひどく心配していたのだが、今のところその心配は杞憂《きゆう》に終わっていた。

どうやら彼方の純粋さを前にすると、誰もが毒気《どくけ》を抜かれてしまうらしい。同級生たちだけでなく、彼方は上級生の間でも弟のように可愛がられていた。

同じ中学出身の上、彼方と同じ部屋に配置された坂田は、今では彼の親友として周囲に認知されている。

だがそんな坂田であっても、友人の今回の悩みに関しては正直お手上げ状態だった。

今年の春に入学してからこれまで、彼方の溜め息がだんだん増えていたことは知っていた。夏が過ぎ、秋が深まりつつある中、その横顔が憂《うれ》いを帯びて、妙に色っぽくなってきたことも。

さすがにこれ以上は放っておけず、今夜は思いきって『その…なにかあったのか？』と尋ねてみたのだが、まさかこんな悩みを打ち明けられることになるとは思いもしなかった。

彼方いわく、同じ高校のある人物に一目惚れしたというのだ。

鷹ノ峰学園は戦前より続く、由緒ある私立男子校である。ということは当然、その相手も男ということになる。

それにやや複雑な思いを抱えながらも、かなり真剣に悩んでいるらしい友人の力に少しでもなれるのならと、さらにつっ込んで話を聞いてみた坂田は、相手の名を耳にした途端、一つの結論に達していた。

――あれは無理だ。

彼方の手に負えるような相手でない。早々に諦めるのが一番賢明な方法だと、そうアドバイスをするより他になかった。

なにしろ相手が悪すぎる。

彼方がこっそり頬を染めながら『好きな人なんだ』と教えてくれたのは、この寮の現寮長であり、生徒会副会長をも兼任している寒河江《さがえ》崇行《たかゆき》、その人だった。

寒河江は某有明国立大も合格確実と言われるほど優秀な頭脳を持つだけでなく、その容姿も家柄も文句なく上等な部類に入るが、なにかと黒い噂《うわさ》も絶えない男で、生徒会の陰の実力者だと言われている人物だった。

なによりも妙な迫力があって怖い。

また怜悧な美貌《びぼう》から吐き出される言葉は辛辣《しんらつ》で、授業を受け持つ教師陣ですら彼からの指摘にはすくみ上がるとも囁《ささや》かれている。

寒河江にまつわる恐ろしげな噂について真実のほどは定かではないが、彼ならばどんな噂であっても、本当のことのように思えてくるのが不思議だった。

しかし、よりにもよってなんでアレ相手に一目惚れなんかするかね…。

どこかぽやぽやとしている彼方と、切れ味のいいナイフのように尖《とが》った寒河江とでは、あまりにも対極にいすぎる。

なにもあんな腹に一物《いちもつ》どころか四つも五つも抱えていそうな毒舌家《どくぜつか》を相手にしなくても、彼方ならば他に優しくしてくれる相手がいくらでもいるだろうに。

この愛らしい友人が、絶対に泣かされるだろうと分かっていながら、わざわざ試練の道をすすめるような真似《まね》はできない。

確かに寮長としての寒河江の手腕は、高く評価されるべきものがある。

彼が今年の春に寮長になってからというもの、寮内で大きな問題が起きたことはなく、食堂で出される毎月のメニューや部屋割りの調整に関しても、生徒たちの意見がより反映されるようになったと評判だ。

人脈も幅広いため、寮内で起こった出来事はほとんど彼が掌握《しょうあく》しているらしいとも聞く。

また彼の容貌《ようぼう》がひどく整っていることも、誰もが認めるところだった。

切れ長の黒い瞳や、バランスよくとおった鼻筋。武道をやっているという噂も本当なのか、鍛《きた》えられた身体やピンと伸びた背筋は、傍《そば》にいるだけで居住まいを正さずにはいられない。

だが他人を見透かすようなその瞳や、形よく結ばれた薄い唇は、なぜか見る者に冷《さ》めた印象を与えるのも確かだった。

以前、その飄々《ひょうひょう》とした態度が気にいらないと彼につっかかっていた新任教師が、いつの間にか寒河江の顔を見るたびまわれ右して逃げ出すようになったという噂を聞いたことがある。だがそれすらも、『あの男ならば…』と納得してしまいたくなる不思議な存在感が、寒河江にはあった。

とうの本人は、そんな噂すら『くだらない』と歯牙《しが》にもかけず笑っていたらしいが。

どちらにせよ、あれは彼方の手に負えるような相手ではないだろう。

「だいたい、なんであんなのがいいんだ？　顔と成績がいいのは認めるけどさ、性格はすんごくひねくれてて意地悪だって話だろ？」

肩を竦《すく》めた坂田に、彼方はむっとふくれっ面をしてみせた。

「そんなの適当な噂だよ。寒河江先輩が寮長になってから、いろいろな問題とかが起きてないっていうし。部屋割りとかもスムーズだし。本当はすごくいい人かもしれないじゃないか」

「どっちにしろお前の手には余るよ、あの人じゃ」

「別に…、俺が勝手に好きになっただけで、寒河江先輩になにかしてもらおうとかそんなことは思ってないから、いいんだってば。ただ……なんていうか、あの人を見たときに、すごい好きだなーって感じただけで…」

頬を少し赤らめながらそんな可愛いことをぶつぶつ呟く友人を、坂田は思わず目を細めて眺《なが》めてしまった。

――余計なお世話かもしれないが、なんて勿体《もったい》ない。

「はぁ。そんなもんかねぇ。普通好きになった相手なら、話してみたいとか、付き合ってみたいとか思うもんじゃねーの？」

「それはそうだけど……。だって、しょうがないじゃんか。俺は一年だけど寒河江先輩は二年生で、もともと関わりなんかほとんどないし。部屋とかもすごく離れてて、偶然廊下で会うとかもないし…。寮の総会とか、食堂とかでこっそり眺めるくらいしかできないんだから」

『奇跡でも起きない限り、自分なんかじゃ話すことすらできないよ』と寂しく笑った友人に、坂田はうっと声を詰まらせた。

……いじらしい。いじらしすぎる。

そこまで想っていても、学校や寮で偶然すれ違うだけで満足するしかないような絶望的な恋など、とっとと諦めてしまったほうが楽になれると思うのだが。

「お前ってさ、普段はかなりボケてて頼りないくせに、変なところで頑固《がんこ》だよな」

言いながら坂田は大きく溜め息を吐いた。

だからこそ、世話焼きの自分としては放っておけないのだ。

――仕方がない。

ちょうど食堂からサロンへと入ってきた生徒の姿に気付いて、手招く。

「坂田、なに？」

面倒くさそうな顔を隠しもせずに寄ってきたのは、クラスメイトの松川夕喜《まつかわゆうき》だ。

少女のような容貌をしているわりに、ちょっとツンとした性格をしている松川は、陰で女王様などとも呼ばれている人物だった。

「なぁ。松川ってさ、確か文化祭実行委員の代表だったよな？」

「それがなに」

にこりともしない美貌に、このつっけんどんな話し方では、そう呼ばれているのも頷ける。

「それ、手伝いとかいるか？」

すでに慣れたその物言いにひるむことなく坂田が尋ねると、松川は綺麗な柳眉《りゅうび》をぴくりと上げてみせた。

「人手ならいつでも歓迎だけど。急になに？　こっちが声かけたときは部活で無理とか言ってなかった？　突然、天啓《てんけい》でも降ってきたわけ？」

「いやいや、俺じゃなくてこっちな。彼方が立候補するってさ」

言いながら坂田が指差すと、松川は視線をちらりと移行させた。

話の流れが分かっていなかったのか、突然指名された彼方は『は？　え？　……え？』と目を白黒させている。

「本気？」

松川はそんな彼方から坂田へもう一度視線を戻すと、確かめるように問いかけてきた。

それを片手で制してから、坂田はくるりと彼方に向きなおる。

「彼方。お前、生徒会に行ってみたいんだろ？　今ならちょうど文化祭前で忙しいらしいからな。生徒会の臨時《りんじ》のお手伝い要員としてなら、松川が雇《やと》ってくれるってさ」

「ええっ！　ほんとに？」

そこまで説明されて、ようやく彼方も合点《がてん》がいったらしい。

「やる！　やりたい！　お願いしますっ」

まるで授業参観にやってきた親の前で張りきる子供のように、『はいっ、はい！』と激しく手を上げた。彼方を胡乱《うろん》げな眼差しで見つめていた松川だったが、その熱意はちゃんと伝わったらしく、やがて小さく溜め息を吐いた。

「こっちとしては助かるけど、本当にいいの？　やることっていえば、コピーとりとか議事録の整理とかお茶くみとか、そんな雑用ばかりだよ」

珍しく、相手を気遣うような台詞《せりふ》が松川から出てきたことに、坂田はおや？　と思う。彼方とはほぼ初対面のはずだが、この素直さを前にしては、さすがの彼も冷たくは突き放せないらしかった。

「うん。もちろん！　ただ俺ちょっと……その、とろいから。もしかして事務処理とか、そういう仕事には向いてないかもしれないけど。でもちゃんと頑張《がんば》るから！　松川の迷惑とかには絶対ならないようにするし…っ。だから、よろしくお願いします」

頭を床にすりつけかねないほどの勢いで頼み込む彼方に気圧《けお》されたのか、妙にたじたじしている松川を見て、心の中だけでにんまりと笑う。

いつものクールビューティが崩れかけているのを見れただけでも、言ってはなんだが面白かった。

「じゃあ、今度生徒会に行くときに誘うから」

それだけ告げると松川はそっけなく離れていったが、彼方はやや興奮気味な面持ちのまま、その後ろ姿をいつまでも見送っていた。

突然、想像もしていなかったチャンスが降ってわいたことに、いまだ信じられない気分でいるらしい。

「坂田、坂田。ありがとう」

「はいはい。よかったな」

目を潤《うる》ませながら礼を言う友人に、小さく頷き返す。

自分はただ橋渡しをしてやっただけで、特別なことはなにもしていないのだが、きらきらと目を輝《かがや》かせている彼方を見ていると、妙に照れくさい気持ちになってくる。

「はぁ…。でもなんか、すっごく綺麗な人だったねぇ。なんかどきどきしちゃったよ」

「いや……それ、お前に言われても向こうも複雑だと思うけどな…」

うっとりと呟く彼方の耳には、すでに坂田のぼやきなど届いてもいないようだったが、本人がこれだけ幸せそうでいるのだから、まぁいいかと思う。

なんだかんだ言いつつも、この友人には甘い自分を自覚して、坂田は再びそっと溜め息を飲み込んだ。


生徒会からの許可はあっさりと下りた。

生徒会に口をきいてくれた松川は、実は文化祭実行委員の中でも一年の代表だったらしい。そんなことも知らないぐらい、彼方はこれまで生徒会や委員と名のつくものからは縁遠かった。

彼方はトロくさい自分の身の丈《たけ》を知っている。もし寒河江とのことがなかったら、生徒会の手伝いに自ら立候補するなど、考えもしなかっただろう。

ともかくこの時期は文化祭の準備期間で生徒会はおおわらわであり、なにかの足しぐらいにはなるだろうという判断のもと、彼方の参加も許可されたらしかった。

それでも一般生ということで、仕事はせいぜい会議中のお茶出しとか、資料整理のような雑務ぐらいしかなかったが、彼方にはそれでも十分すぎるほどだった。

毎日、生徒会に顔を出せるだけでいい。

普段なら近付くことすらかなわなかった寒河江を、仕事の合間にこっそり盗み見ることもできるのだ。こんな幸せが他にあるだろうか?

寒河江が彼方を見つめ返すことはもちろんなかったが、同じ空間で同じ空気を吸っていられる。それだけでも幸せだった。

だからこそたいしたことはできなくても、自分が任された仕事はきちんとこなそうと、そう心に決めていた。

「……すごいなぁ」

幸せすぎると怖くなると言ったのは、誰だったか。

低くて響きのいい寒河江の声は、生徒会室の中でもよく通る。それを聞いていられることも、休憩でお茶を飲みながら談笑している姿を見られることも、彼方にとっては全てがすごいことだった。

これまでは遠目にちらりと垣間見る《かいま》のがせいぜいだったことを思えば、雲泥《うんでい》の差だ。

初めて会ったときから、ただ訳もなく彼に魅せられたが、こうして改めて間近でその人となりを知るようになってからは、なんだかますます好きになっているような気がする。

自分にはないテキパキとした行動力に憧れる《あこが》というのもあるが、なによりも一本芯が通ったようなその性格が、とても好ましく思えてならない。

「水谷は、寒河江先輩が好きなのか?」

部屋の隅《すみ》でちまちま作業を続けながら、寒河江の姿をこっそり目で追っていた彼方は、ふいにかけられた声に飛び上がるほど驚いた。

恐る恐る振り向けば、松川がいつもの無表情のままこちらをじっと見下ろしていた。

「な……なんでそう思ったの?」

「違うのか?」

「いや…その、違ってはいないけど……。うん」

視線をつつつ…とそらしながらも、みるみるうちに真っ赤になった彼方に、松川は珍しくその唇の端をふっと上げた。

つっけんどんな物言いは相変わらずだが、松川は別に冷たいというわけではない。仕事について教えてくれるときは丁寧《ていねい》だし、間違っているときも面倒くさがらずにちゃんと指導してくれる。

とろいながらも真面目にこつこつと作業を続けているうちに、松川もどうやら彼方を認めてくれたのか、最近ではときおり柔らかな表情を見せてくれるようになっていた。

そうやって毎日一緒にいるうちに、ばれていたのかもしれないなぁと思いながら、彼方は観念して小さな声で囁いた。

「あのさ……松川も、やっぱり無駄なことをしてるって思う?」

「なにが?」

「坂田は、その……寒河江先輩はどうせ絶対無理なんだから、想うこと自体無駄だし、やめとけって言うんだよ。でも……別にその、振り向いてほしいとか、こ……恋人になってほしいとか、そんな大それたことを思ってるわけじゃないから、好きでいるくらいはいいかなとかって思うんだよね。や…っ、もちろん!　そんな風になってもらえたら、めちゃくちゃ嬉しい…とは思うんだけどね」

自分で言ってても激しく乙女《おとめ》な思考に、どっと汗が噴き出てきそうになる。

でもそれが彼方の正直な本音だった。

生徒会入りして一週間。寒河江とちゃんと話をしたことはまだ一度もない。

それでも彼方としては十分だった。

欲を言えば挨拶《あいさつ》ぐらいは交わしてみたかったが、寒河江はいつも生徒会や実行委員のメンバーに囲まれているため、近付くことも難しい。

なにより、あのなにもかもを見透かしているような瞳とまっすぐに対峙《たいじ》したら、自分はその場で倒れてしまいそうな気がした。

いくら衝動につき動かされていたとはいえ、あのときはよくもまぁ彼に面と向かって告白などできたものだと、我ながらその無鉄砲《むてっぽう》さには呆れてしまう。

でも、視線が奪われる。

気が付けば、耳が勝手に彼の声を拾っている。

自分でもどうしようもない欲深さを、彼方はこの恋で初めて知った気がした。

「まぁ確かに、あの人相手に無謀だよね」

分かっていても、そうばっさり『望みのかけらもない』と言いきられると、さすがに落ち込む。

「でも、誰かを好きになるのは自由だろ」

だが、さらに続いた言葉に彼方は『え…？』と顔を上げた。

「それに、水谷に好かれて嫌な気持ちになる人間なんて、そういないと思うけど」

「え…？　そ…っ、そうかな…？　そんなこと…はないと思うんだけど…」

どういう意味で言ってくれているのかは分からなかったが、まさか愛想のかけらもないと名高い松川から、そんな風に慰《なぐさ》めてもらえるとは思ってもみなかった。

驚きと照れくささに頬へさっと血が上る。

「――水谷ってさ、謙遜《けんそん》じゃなくて本当に仕事がとろいよね」

だがそんな彼方に向かって、松川はさらりと容赦《ようしゃ》ない事実も口にした。

「う…」

一つ一つ確認しながら仕事を進めるタイプの彼方は、事務作業一つとっても人の倍近く時間がかかることがある。松川のように、二つのことを同時に進行できる器用さもないため、そこを突かれると項垂《うなだ》れるより他はない。

「でも頼んだことはちゃんと最後までやってくれるし、資料も綺麗にまとまってる。適当に並んでた去年の資料を、月ごとにまとめなおしてくれたのも水谷だろ。それに、みんなが疲れてきて空気が悪くなってくると、タイミングよくお茶をいれてくれたりするし。……そういうの、いいと思う」

最後にもう一度、『でもやっぱり、仕事はとろいんだけど』と厳しい言葉をくっつけながらも、好意的に自分を評価をしてくれているらしい松川に、彼方は大きくて零れそうだと言われている目をさらに見開いた。

「……松川って、優しいよね」

別に褒《ほ》めてもらったから言うのではない。

とろいとろいと言いつつも、いつもちゃんと彼方に仕事のやり方を教えてくれる彼に対して、素直な感謝を込めてそう告げたのだが、松川本人はひどく嫌そうな顔をして『はぁ？』と眉を寄せていた。

自分にも他人にも厳しいところはあるけれど、松川は根本的に優しいと思う。

そんな彼から褒められると、なんだか自分でも少しは役に立てているのかもしれないと思えてくるから不思議だ。

「うん。なんか元気出たよ。ありがとう。……でも先輩にとっては、やっぱり迷惑な話なのかもしれないんだけどね」

すでに一度、寒河江からはきっぱりふられていることを思えば、いつまでもうじうじと想っていること自体、『男らしくない』と呆れられても仕方ないと分かっている。

それでも自分でも自由にはならない恋心に呆れつつ、彼方は厳しくて優しい友人に向かって、そっと微笑《ほほえ》んだ。


文化祭の準備に向けて、学園内は日に日にざわめきを増していった。

「休憩にしようか」

会議の切れ間に、そう言い出したのは生徒会長である中園《なかぞの》だ。

柔《やわ》らかく響いたテノールに、各部の追加予算の割り当てで緊張していた場がほっと和《やわ》らぐ。それまで記録していたノートを閉じた彼方は、慌てて流しへと向かうと、すでに用意しておいたお茶のセットに手を伸ばした。

こうしたお茶出しも、手伝いの彼方にとっては大切な仕事の一つである。

「水谷、手伝おうか」

彼方がお茶の準備をしていると、三年の実行委員の一人が声をかけてきた。

各部やクラスから集まってきた三十人近い人間が会議を開いているのだから、お茶出しそのものも結構な量となる。そのためヘルプの申し出はありがたいのだが、困ってしまうのも事実なのだった。

自分がトロくさいせいかもしれないが、自分に割り当てられた仕事を他の人にやらせるわけにはいかない。

ましてや忙しい三年の先輩の手を煩《わずら》わせるなんて、以《もっ》ての外《ほか》だった。

「あの、一人でも大丈夫です。準備はできてるので、あとはお湯を注ぐだけですし…」

「ならこっちを運ぶな。これ、誰のカップだったっけ?」

「あ、俺も手伝う」

だが止める言葉も空《むな》しく、あれよあれよという間に手伝いの手は増えていき、全員にお茶の入ったカップが行き渡っていく。

その様子を眺めながら、彼方はこっそりと溜め息を飲み込んだ。

なにも、お茶ばかりのことではない。

慣れない手つきで懸命に作業をする彼方の姿は、なぜか見ている者の庇護欲《ひごよく》をかきたてるのか、いつも作業をしていると様々な人が声をかけてくれる。

それはそれでとてもありがたかったが、今は生徒会も実行委員も忙しい時期だからこそ手伝いに来ているというのに、その自分が周囲の手を煩わせてしまっているようでは意味がない。

特に受験の忙しい合間を縫《ぬ》って参加してくれている三年の先輩たちに、コピーとりやお茶くみなどという雑用をさせていいはずがなく、そのたび断ってみてはいるのだが、あいにくそれを聞き届けられた試しはなかった。

これもまた、あまりにも自分が頼りなく見えるせいなのだろうかと思うと、落ち込みに拍車がかかる。

考えてみれば、彼方は実家でもいつもみそっかすな扱いだった。

年の離れた兄たちはどちらも優秀で、なにをやらせても完璧《かんぺき》だった。一人だけ遅く生まれた彼方は、『可愛ければそれでいいから』というようなマスコット的な存在でしかなく、それが悩みの種でもあったのだ。

だからこそ実家から離れてこの寮に入り、自分なりに独り立ちしようと決めたのだが、これではあまり変化がない気がする。

実家にいたときと同じくみそっかすな弟扱いの自分に、溜め息ばかりが増えてしまう。

「なんだ。もう休憩か？」

そんな彼方の落胆《らくたん》をよそに、お茶の時間は実に和《なご》やかに進められていたのだが、ちょうどそのとき、寒河江とともにバレー部の部長である山本《やまもと》が生徒会室へ入ってきた。

二人は文化祭での火器の取扱いについて、消防所からの注意を聞きに街まで出かけていたらしい。

「中園一人に任せてたらこんなもんだろ。おひらきにしなかっただけでも偉《えら》いと思うぜ？」

のんびりとした部屋を見回して渋い顔を見せた寒河江とは対照的に、山本は豪快《ごうかい》に笑っている。

大ざっぱで人好きする山本は運動部をとりまとめる運動部長であり、寒河江のクラスメイトでもある。二人は正反対な性格をしてながら、これで結構ウマが合うらしく、よく一緒でつるんでいる姿を見かけた。

一年のときには、同室だったこともあるらしい。

寒河江の肩をバンバンと遠慮なく叩《たた》いては、『まぁまぁ、お前も少し休めって。な？』などと遠慮なくつっこめる山本を羨《うらや》ましく眺めながら、彼方は遅れてやってきた二人のためにお茶の準備にとりかかった。

このときが、彼方にとっては最も大事な時間である。

特に今日は、もしかしたら寒河江には会えないかもしれないと思っていただけに、その姿を見られたことは嬉しかった。

「あの、お湯をもらってもいいですか？」

「ああ。俺が一緒にいれてやるよ。それって寒河江たちの分だろ？」

「えっ…。い、いいです。俺がやりますから」

三年の先輩からお湯の入ったポットを受け取ろうとして声をかけると、反対にカップを出すように言われてしまい、慌てて辞退する。

「いいっていいって。遠慮すんなよ。どうせ俺のもいれるついでだし。水谷もさ、いつも細かい作業の間に大勢の分を用意したりしてんだから疲れるだろ？　座ってろよ」

そう言って彼は笑ったが、彼方にしてみれば余計なお節介でしかなかった。

会話すらろくにできない自分が、唯一彼のためにできることと言えば、このお茶出しぐらいなのだ。

だが相手が自分を気遣ってくれているのだと分かるだけに、そんな我がままを口にできるはずもない。彼方が焦っているうちに、手の中のカップはさっと奪われ、どばどばとぬるい紅茶が注がれてしまった。

……ああ。カップをまだ温めてないのにっ。

それに今ティーポットに入っていたのは、寒河江の好きなダージリンでもない。

全員の好みに合わせることは難しくとも、いつも生徒会にいるメンバーの好みだけは把《は》握《あく》している。中園や山本は珈琲《コーヒー》党だし、文化祭実行委員のメンバーのリクエストは紅茶かスポーツドリンクだ。

そして寒河江は、たいていいつもダージリンだった。

「ほーら。寒河江、お茶いれてやったぞ」

寒河江は先輩の手によって運ばれてきたお茶に、ちらりと不審そうな視線を向けながらも、礼を言ってそれを受け取った。

そうして静かに口をつける。その瞬間、彼の眉がかすかに歪められたのが彼方の位置からでも見えた気がした。

「ところで一つ、お聞きしたいことがあるんですが」

「うん？　なんだよ？」

「なぜ先輩方が給仕のような真似ごとをしてるんですか？　本来なら、これは一年の仕事ですよね？」

寒河江の声に、急に場がシンと静まり返る。

「な、なんだよ。寒河江。たまには俺のいれたお茶だっていいだろ？」

その場を繕《つくろ》うように先輩は愛想笑《あいそわら》いを浮かべてみせたが、寒河江の機嫌が下降気味なのは誰の目から見ても明らかだった。

「別に今のことだけを言ってるわけじゃありませんよ。確か昨日も、最後まで何人か残ってホチキス止めを手伝っていた先輩方がいらっしゃいましたね。いつまでも終わらないと可哀相《かわいそう》だとか言って。……そんなつまらない雑用をやらせるために、先輩方に受験期の忙しい時間を削《けず》ってここへ来てもらってるわけではないはずですが」

それまで和やかだった生徒会室の中は、今は水を打ったように静まり返っていた。

三年の先輩たちですら、その声の冷たさになんと声をかけるべきか迷っているようだ。

「人手が足りなくて忙しいからこそ、わざわざ外部の人間に手伝いを頼んだんです。ただの飾り物ならいりません。部屋が狭くなるだけで邪魔ですから」

寒河江の口から紡《つむ》がれる冷たい声に、彼方は顔色をなくして俯いた。

知らず知らず震え出しそうになる唇を、ぎゅっと強く噛みしめる。

――分かっている。

寒河江が言っているのは、自分のことだ。

役に立つどころか、ただの邪魔者でしかないと思われていたことを知り、目の前が墨《すみ》で塗りつぶされたみたいに真っ暗になった。

なにか言わなくちゃと思うのに、喉《のど》の奥に声が貼り付いてしまったようになにも出てこない。

……いつも生徒会室に入る前は、ひどく緊張していた。

それを気取《けど》られないように、勇気を振り絞って明るく入室すると、すぐに彼方の視線は挨拶を返してくれる他の誰より、寒河江のことを見つけ出していた。

彼方の声には、机から顔すら上げてもくれない男のことを。

彼方が生徒会に顔を出すようになってからこれまで、寒河江が彼方の存在になにか意見したことはなかった。同時に反対するようなこともなかったが、その心の中では、『部屋にあっても邪魔な置物』程度にしか認知されていなかったと知り、さすがにショックは隠せなかった。

「おいおい…寒河江。俺が勝手にしたことなんだからそんなに責めるなって。ほら……水谷が震えてんじゃないか。な?」

そう言って先輩が努《つと》めて明るく振る舞ってくれたおかげで、張り詰めていた空気がほんの少しだけ和らぐ。寒河江はそれに一つ大きな溜め息を吐いただけで、それ以上はなにも口にしなかった。

それでも彼方には、十分だった。

呆れたようなその溜め息一つで、自分の無能さを思い知るには十分すぎた。

それから白けてしまったお茶会は早々におひらきとなり、寒河江のピリピリとした空気に恐れをなしたのか、生徒会役員の何名かを残してそそくさとみんな生徒会室から出ていった。

いつもは『手伝うよ』と声をかけてくれる松川も、今日ばかりはなにも言わずに部屋から出ていくのが見えた。

それが彼方をこれ以上窮地に立たせずに済む策だと思ったのだろう。そのさりげない気遣いが、嬉しかった。

山と積まれたカップを、一つ一つ丁寧に流しへ運び入れる。それらを片付けながらも、彼方は背後で書類に目を通している寒河江の存在を、痛いほど感じとっていた。

震えている手のせいでカップを割らないよう注意しながら、同時に目の前が涙で滲《にじ》んでしまいそうになるのを、奥歯を噛んでぐっと堪《こら》える。

――泣いたら駄目だ。

そんなことをして、これ以上嫌われたくない。

洗い終えた食器を布巾《ふきん》で拭き、スプーンや茶器と一緒に所定の場所にしまい込む。

それから議事録を片付け、各テーブルを綺麗に拭き上げた。

全てが終わるまでたいした時間はかからなかったはずなのに、なぜか今の彼方にとっては、永遠にも等しい時間に感じられた。

ようやく全部を片付け終えたあと、彼方は勇気を振り絞るようにして、残っていた生徒会の面々に向かって深く頭を下げた。

「……今日は、本当にすみませんでした。これからは、ちゃんと他の人に迷惑かけないように仕事をします」

「いや、あんまり気にすんなよ。本当はみんなお前のせいじゃないって知ってるから。あれは先輩たちが勝手にやってんだし。水谷が謝るような筋じゃねーからさ。ご苦労様」

山本が無言で作業を続ける寒河江の頭を、軽く小突《こづ》きながら笑ってみせる。

それにもう一度ペコリと頭を下げてから、彼方はドアへと急いだ。

あの冷たい視線でもう一度睨《にら》まれたらと思うと、怖くて目を合わせることすらできなかった。

廊下の空気に触れて、初めて彼方は大きく息を吐き出した。

どうやら自分はかなり緊張していたらしい。酸素が足りずに、いまだ喘《あえ》ぐような息苦しさが胸を満たしている。

本当はそのままずるずるとその場にへたり込みたかったが、こんなところを誰かに見られるわけにもいかず、足早に寮へと向かう。

その間、彼方は初めて自分へ向けられた寒河江の言葉を、何度も頭の中で繰り返し思い返していた。

冷たく冴《さ》えるような声。厳しい視線。

……あの日から、初めてだ。

寒河江に初めて告白した日も、寒河江の返事はかなり辛辣なものだった。

ようやくまた声をかけてもらえたかと思えば、今度も地の底へめり込みたくなるほど、厳しい言葉しかもらえなかった。

――それでもあれは、そこに自分がいるってことを、ちゃんと認めてくれた言葉だった…。

そんなことぐらいで、こんな風に涙が出てきそうになるなんて思わなかった。

たとえどんなに冷たくても、空気みたいに無視されているよりかはずっといい。

こんなことを考えてしまうから、坂田には『お前って、結構マゾなヤツだったんだな…』と呆れられてしまうのかもしれなかったが。

寒河江にもきっと、ひどく呆れられたことだろう。

それでも、なぜかほろ苦い喜びが胸の奥に広がっているのを感じて、彼方はスンと小さく鼻をすすった。

「寒河江。お前なぁ、少しは物の言いようってものがあるだろうが。いくら先輩からいれてもらった紅茶がまずかったからって、水谷にまで当たんなよな。かわいそーに……真っ青だったぞ？」

「別に、当たったわけじゃない」

山本の歯に衣着《きぬ》せぬ無遠慮《ぶえんりょ》な物言いに、寒河江はすっと伸びた眉を寄せた。

山本は運動部のまとめ役などをしているせいか、変なところで面倒見がいい。それで苦労していることも多いようだが。

確かにあの一年はかなり愛らしい容貌をしている。背格好も小さく、寒河江の腕の中にすっぽり入ってしまいそうなサイズだ。

――いや別に、腕に入れる予定などはないのだが。

それにとろくさいながらも、みんなの役に立とうとして懸命なことも知っている。

そんな風にちまちまと必死に働く姿が、木にエサを運ぶ子リスのようで、周囲の庇護欲を掻《か》きたてるのだろうが、寒河江にしてみれば、なんとなくそうした懸命な姿がかえって鼻につくようで気にいらなかった。

その理由は自分でも明確ではなかったが、別にそんなことはどうでもいい。

誰からも気にいられているのなら、自分一人ぐらい気にくわないと思っていても、許されるだろう。

「苦手なんだ。ああいうタイプは。ちょっとつつけばすぐに泣くしな。……周りからどっぷり甘やかされすぎてるんじゃないか?」

「確かに、ちょっと甘いところはあると思うけど、案外本人はしっかりしてるぜ? 細かい雑用まで、誰に言われるでもなくしっかりやってるしな。そのくせ、やったから他人に褒めてほしいなんて塵《ちり》にも思っていないみたいだし。普通、目立たない仕事を黙々とやる奴っていうのは、誰かに認めてもらいたいって願望が強いもんだけどな。……しかもかなり健気《けなげ》だしなぁ。あの大きな瞳で、必死に誰のことを見つめているのやら」

当てこするような言葉を囁きながら、流し目でじっとり見つめてくる友人を、寒河江はあえて無視した。

ポーカーフェイスのままなのは、いつものことである。

「ここは生徒会室だろう。仕事のない人間に用はない」

「はは。さすがに切れ者の副会長様は違うよなぁ。あちこちから手を出されても断れずに困っている水谷に、わざわざ仕事を区切ってやることで、その居場所を作ってやるとは恐れ入るね」

ますます楽しそうにニヤついている友人を放ったまま、寒河江は目の前に山積みとなった書類を片付けることに専念する。

それでもなぜか、真っ赤な目をして震えていたあの小動物みたいな後輩の横顔が、ちらちらと頭をかすめていくのが、自分でも不思議だった。

思えば彼方とは、出会いのときからそうだった。

ちょっとつついただけですぐ泣き出しそうに顔を歪めるくせに、寒河江が呆れた顔を見せた途端、真っ赤な目で唇を噛みしめ必死に涙を堪えていた。

それでも結局は堪えきれなかったらしく、大きな瞳からまるで雫のようにぼろぼろと涙が零れてくるのが、妙に印象的だった。

……確かに、あのときの自分は大人げなかったとは思う。

自分より一回りも二回りも小さな子供をいじめてどうするんだと、あとから珍しくも反省した。

あの日は新入生の歓迎会が無事終わったばかりで、寒河江にしては珍しくのんびりした昼休みを迎えていた。

静かに仕事のできる場所を探して裏山までやってきたのはいいのだが、気が付けばそのままうたた寝してしまっていたらしい。

ふと目を開けたとき、ふいにその顔が視界の中へ飛び込んできた。

どこか遠いところでも眺めるような眼差しで、自分を見つめていた彼方。思わずそれをじっと見つめ返してしまったほど、その瞳は澄んだ色をしていた。

次の瞬間、その瞳から涙が一粒、零れ落ちた。

透明な雫が音もなく、ツーと静かに伝わり落ちていったのだ。

まるで映画のワンシーンでも見たかのような光景に、柄にもなくドキリとしてしまった。

だからこそ、いつも以上に冷めたい態度を取ってしまったのかもしれない。

……そうだ。有《あ》り体《てい》に言えばあのとき、自分はひどく驚いたのだ。

だがそれを今さら訂正のしようもないし、するつもりもない。

なのにあの一年はいまだにあの日と同じ、どこか夢を見ているみたいな遠い目で、じっと寒河江のことを見つめてくる。

――だから苦手なのだ。

できるなら、彼方にはあまり近寄ってきてほしくなかった。

彼を見るたび必要以上にきついことを言っては、激しく傷付くその顔を見てまた後悔するのも、らしくなさすぎて胸のあたりがむずむずする。

「なーなー。そんで、本当のところはどうなのよ?」

「なんの話だ?」

つんつん肩を突いてくる山本をうざいと思いつつ、寒河江は机から顔を上げた。

「お前だってさ、ちょっとは水谷のことを可愛いとか思ったりしないわけ?」

くだらないとしか言いようがない。

ついでに、なぜか妙にニヤついているその顔に激しくいらつく。

「……そんなに暇なら、仕事をもっと増やしてやろうか?」

「またまたー。そんな風に誤魔化《ごまか》しちゃって。あんな可愛い子にさ、尊敬と慈愛の眼差しでじっと見つめられたら、いくら堅物《かたぶつ》のお前でもぐらっときたりすることあるんだろー?

だからわざと冷たくしてるんだったりして。お前って、結構むっつりっぽいしな」

ぐふふと、お世辞にも上品とはいえない笑いを浮かべて顔を覗《のぞ》き込んでくる友人に、寒河江は無言のまま、目の前にあった厚さ八センチはあると思われる冊子《さっし》をむずっと摑むと、その顔に向かって投げつけた。

「……っっ！」

狙《ねら》いどおり、その角がスコーンと音を立ててヒットする。

寒河江の機嫌をこれ以上損ねたら困るとでも思っているのか、周囲は視線をさっとそらすばかりで、悶絶《もんぜつ》の表情を浮かべて床に倒れ伏している山本へ、慰めの声をかけるものは誰もいない。

「あれ？　山本、どうかしたの？」

それまで出してもらった甘いおやつにもくもくとかぶりついていたはずの中園が、空になったバームクーヘンの袋を名残《なごり》惜しそうに握りしめながら、のんびりと声をかけてくる。

夢中になって食べていたおやつが終わったあとでようやく、山本が床に倒れ伏していることに気が付いたらしい。

中園のこの人から少しずれた感覚は、昔からだった。

母親がハーフのためにどこか王子様然とした容貌を持つ彼が、その繊細な見た目を裏切って、とことんマイペースで図太い男であると知っている人間は少ない。

また寒河江が不機嫌だろうとなんだろうと気にもしない、唯一の相手でもあった。

「さぁな」

ようやく静かになった部屋の中で、寒河江はフンと一つ鼻で息を吐くと、再び机の資料に視線を落とした。


「……なぁ、もうやめたらどうだ?」

ふと横から聞こえてきた苦々しい声に、彼方はそれまで格闘していた英語の課題から、きょとんと顔を上げた。

見れば坂田が、やけに渋い顔をして彼方のベッドに腰を下ろしている。

「え? なんの話?」

「生徒会だよ。あんなとこ、もう行くのやめとけばって言ったの」

投げやりに告げられた言葉に、彼方は困ったように眉を寄せた。

彼方が生徒会に入れるよう松川に頼んでくれたのは、他の誰でもない坂田である。

その坂田が『生徒会なんかいっそやめちまえ』と告げているのだ。困惑しないわけがなかった。

「お前さ、俺の前では毎日、寒河江寮長がどうだったとか、今日もすごくカッコよかったとか嬉しそうに話してるけど……本当はぜんぜん相手にされてないんだろ？　手伝いばっかりさせられて、いいようにコキ使われて。なのになんの見返りもないなんてさ。そんな状況であそこに通い続けるのってつらくないか？」

「そ…んなことないよ。つらくなんてない。どうしていきなりそんなこと言うわけ？」

　本当につらいだなんて思ってない。

まるでそこにいないみたいに扱われるのは少し寂しかったけれど、本当なら傍に寄ることもかなわない相手だと知っている。

それが今では至近距離で見ていられるし、自分の手でお茶までいれてあげられるのだ。この毎日に不満なんて、彼方は思ったことすらなかった。

なのに、いきなり坂田はなにを言い出すのか。

「松川から聞いたんだよ。この前……お前、皆の前で吊るし上げくったんだって？　あの松川まで妙に心配そうだったぜ？」

「そんな…、あれは俺が悪かったんだ。俺がいつもとろいから、先輩たちが見兼ねて手伝ってくれたりして……ただそれだけだよ。いきなりどうしたんだよ？」

　困惑する彼方を坂田はしばらくじっと見つめていたが、やがて視線をずらすと、言葉を一つ一つ選ぶように、口を開いた。

「お前が真剣に片想いしてる気持ちをさ、けなすつもりはないんだけどさ。ただ……やっぱりダメなもんはダメなんだと思うんだよ。相手にもされてないし、見込みがない相手だって分かってんのに、いつまでも思いきれずにいるより、早いうちにカタを付けたほうがいいだろ。そのほうが傷も浅くてすむし」

「坂田……」

「今さらこんなこと言ったら、ひどいやつだと思われるかもしれないけどさ。俺は……松川にお前が生徒会に入れるようにって頼んだとき、実際にあの人の傍で現実を確かめたほうが、お前のためかもしれないって……ちょっとだけ、そんな風に思ってたんだよ。なのにお前ときたら、冷たくされてても無視されてても、ぜんぜん音《ね》を上げようとしないし…」

性格的にまっすぐな坂田が、こうして視線をそらしたまま話をするなんて珍しい。

それだけ罪悪感を覚えているのだろう。

そう思うと申し訳なくなるのと同時に、坂田が自分のためを思って言いにくいことまで吐露《とろ》してくれたのだと知り、彼方は小さく微笑んだ。

「坂田をひどいやつだなんて、思うわけないよ」

それだけはないときっぱり告げると、坂田はなぜか少しだけ弱ったような顔をして、苦く微笑んだ。

「自分ですすめといて、すごく勝手な話だとは思うんだけどさ。……俺はさ、お前がこれ以上傷付くのとか見たくないんだよな」

「坂田……」

「あの男は絶対、彼方の気持ちに応えたりしないと思うぞ」

口にしにくいことをあえてはっきり口にする。それが坂田なりの思いやりの形なんだろうと感じて、彼方はそうした友人の気遣いをありがたく思った。

「坂田…ごめん。でも、それはちがうんだ」

「え？」

「寒河江先輩が、気持ちに応えてくれるかどうかは、問題じゃないんだよ。ただ、俺が……あの人を好きかどうかなんだ。それは、坂田や周りの誰かが決めることじゃない。寒河江先輩でもない。俺自身の問題なんだと思う」

震えそうになる手をぎゅっと握りしめながら、彼方は自分の素直な気持ちを口にした。できるなら、自分の言葉が友人にちゃんと届くことを願って。

「だからもしも、それでいつか深く傷付くことになったとしても、俺は構わないって思ってるんだ。坂田の気持ちは嬉しいけど、傷付かないように諦めてるだけじゃなんにもならないことぐらい、俺だって知ってるから」

「彼方…」

彼方は友人に向かってにこっと微笑むと、わざと明るい声で話し始めた。

「坂田も知ってのとおりさ、うちって上によくできた兄ちゃんたちがいるでしょ？　頭がよくってスポーツも万能で、俺とは正反対で。だから俺はいつも家ではみそっかすな扱いだったんだよね。すごく可愛がってもらったし、みんなのことは好きだけど……なんていうか、ずっと変な感じだった」

「変な感じ？」

「うん。俺がなにかすっごい大きな失敗しても、たとえば……テストで0点とったとしても、みんな絶対に怒らないんだよね。父さんも兄ちゃんたちも、ただ『しょうがないなぁ』って笑ってるだけで。『彼方はそのままでもいいんだよ。兄ちゃんたちがやっといてあげるからね』って」

「…ああ」

水谷家の弟びいきに関しては、近所に住んでいた坂田もよく知っているはずだった。なにしろあの兄たちは、弟の友人にまでチェックを入れてくるぐらいだ。

以前、家に遊びに来たときにいろいろ質問されたことを思い出したのか、坂田も少しばかり遠い目をして『なんか分かる気がする』と頷いた。

「自分はすごく恵まれてるなぁって思いながら、でも、このままで本当いいのかなっていつもどっかで思ってた。母さんに似た顔で、ただにこにこ可愛く笑ってればそれでもういいよって言われるたび、自分自身がどこかに置いてきぼりにされたような気がして。なんかそれってさ…、ただの人形みたいじゃない？」

だからこそ一念発起《いちねんほっき》して、寮のあるこの高校を選んだのだ。

兄たちはこぞって反対したが、母からの説得もあってしぶしぶ入学を許してもらえた。

もちろん最初は慣れない寮生活に戸惑ったり、兄たちを恋しく思ってこっそり泣きべそをかいてしまった夜もあったが、ここへ来てよかったと今は本当に思っている。

坂田を含めたたくさんの友人がいるし、なにより寒河江と出会えた。

それは彼方にとって、僥倖《ぎょうこう》ともいえる出来事だった。

「寒河江先輩はさ、そういうの絶対しない人なんだなって見るたび思うよ。ひいきとか甘やかしとかが、一切ないの。各自ができることは各自ですべきだって決めてて…。そのくせ、自分なんか人の五倍くらいの仕事量をこなしてて、本当にすごいなって思う。今だって文化祭の準備ですごく忙しいのに、合間に寮に入るメンテの業者と連絡とってたり、足りない備品をチェックして注文したりしててさ…。俺、今まで知らなかったけど寮の雑用ってあんなにあるんだね」

寒河江がのんびりしている姿をほとんど見たことがないくらい、彼はいつもばりばりと仕事をしている。

その上で、人への指示も素早くて的確だ。

彼の頭の中には、寮生の家族構成から生年月日、果ては同室者との相性《あいしょう》まで全てインプットされているという噂も、あながち嘘《うそ》ではないかもしれないと思わせるほどの仕事ぶりだった。

そんなのを傍で見てしまったら、ますます好きになるしかないではないか。

「それに、これは内緒《ないしょ》だけどね…。すでに寒河江先輩には、過去に一回、きっぱりばっきりフラれてるんだ」

悲しい事実をへへへと笑って伝えると、坂田は激しく衝撃を受けたようななんとも言えない顔をして、『マジか…？』とぼんやり呟いた。

「うん。だからなんていうか……、振り向いてくれるかどうかはもう問題にもならないというか…。ええと、ただ俺が本当に、好きだなぁって思ってるだけなんだよね」

なんて諦めが悪いと分かっていても、今はまだその気持ちを捨てきれない。

微塵《みじん》も期待なんかしていないといえば嘘にはなるが、彼に振り向いてもらえる望みが皆無に近いことは、彼方自身が一番よく分かっていた。

それでも、好きな人だ。

きっぱりした物言いも、甘えを許さない揺るぎない性格も。

なによりあの強い眼差しに、憧れてやまない気持ちがある。

「坂田の気遣いはありがたいけど、ごめん。自分の気持ちは、いつかちゃんと自分でけりをつけるから」

彼方が照れた口調でそう言いきると、坂田はしばらく黙り込んでいたが、やがてなにかふっきれたように大きく肩で息を吐いた。

「……そうなんだよな。お前ってもともと、その柔和《にゅうわ》な見た目に反して、結構な頑固者だったんだよな。うちの学校に行くって決めたときも、あの兄ちゃんズにさんざん反対されまくったのに無理矢理押し通したぐらいだし。うちにまで兄ちゃんたちから『彼方を説得してくれ』って電話がきたんだぜ？」

「あはは。その説は本当にお世話になりました」

兄たちの激しい過保護っぷりには、本当にもう笑って頭を下げるしかない。

それに応えるように坂田はひょうきんな顔でにっと笑うと、ベッドから思いきり立ち上がった。

「おっし。まぁ…余計なこと言っちまってすまなかったな」

「ううん。坂田にはすごい感謝してるし、余計なことだなんて思ってないよ」

彼が自分を思って、きついことを言ってくれているのは重々承知している。

そんな友人の気遣いをありがたいと思いこそすれ、迷惑だなんて思わなかった。

「まぁ、でも趣味が理解できねぇっていうのは撤回しないけどな」

「なんだよ、それ」

寒河江のどこを見て趣味が悪いと言うのか、そちらのほうこそ理解できない。

思わずぷっと頬を膨《ふく》らませると、坂田はさも可哀相にという同情の目つきで、こちらをチラリと見下ろしてきた。

「違う。理解できないのは、お前の趣味だよ」

「俺？」

「だってなぁ…。今の話を総合するとだな。お前は『飴《あめ》よりもムチが好き』って言ってるようなモンじゃないか？　冷たくされて愛を感じちゃうなんて、ほんとマゾ体質っていうか……。俺は今、あの兄ちゃんズにちょっとだけ同情したね」

肩を竦めて『お前の萌えポイントは本当によく分からん』と語る友人を、彼方は耳まで赤くなりながらきっと睨み付けた。

それでも怒っているフリを続けることは難しく、結局最終的には坂田と顔を合わせて、ぷっと吹き出す。

行き場のないこの絶望的な恋心を、そうして一緒になって笑いとばしてもらっているうちに、なんだか少しだけ気持ちが軽くなった気がして、嬉しかった。

文化祭もあと一週間と迫ってくると、文化祭実行委員をはじめとした学園全体が、ざわざわとした雰囲気に包まれ始める。

台風が来る前のような、妙な高揚感と慌ただしさ。

そんな中、寒河江は次々と沸き起こる問題を、的確かつ迅速に片付けていく。その手際のよさには、改めて誰もが彼の手腕を再認識させられていた。

「やっぱりすごいなぁ…」

「ん？　水谷、なんか言った？」

「あ…いえ」

ぽつりと漏らした独り言を耳ざとく聞き返され、慌てて彼方は下を向く。作業自体は単純だが、結構骨の折れる資料整理の合間に、寒河江をこっそり盗み見ていたことがばれたら、またその本人から軽蔑《けいべつ》の眼差しを受けてしまうのは火を見るより明らかだった。

彼方に声をかけてきたのは、武藤《むとう》という名の三年の実行委員で、先ほどから作業している後輩たちに声をかけては、自分はなにをするでもなくただぶらぶらしている。

「そんなに急いでやらなくても大丈夫だろ。少し休んだら？」

言うが早いか、武藤は彼方の手からペンをさっと奪い、開いていた資料を閉じてしまった。

「武藤先輩、そういうわけにはいかないんですよ。この予定表の清書が終わらないと、みんなにも配れないので……」

取り上げられたペンを返してもらおうと手を伸ばしながら、彼方は苦笑を浮かべた。

生徒会に来るたびなにかと声をかけてくれる武藤には悪いが、彼方はなんとなくこの先輩が苦手だった。

受験生でもある三年の実行委員は、すでに中心戦力から外れているとはいえ、武藤は誰もが忙しさにキリキリしている中にふらっとやってきては、ただ後輩たちの仕事振りを冷やかしていくようなところがある。

ピリピリとした雰囲気を和らげるためのムードメーカーだと本人は吹聴《ふいちょう》しているが、この忙しい最中に邪魔されるくらいなら、いっそ緊迫したムードのまま押し進められているほうがましだった。

だがたとえそう思っていたとしても、三年相手にはそれを口にできる者はいない。もちろんただの助《すけ》っ人《と》でしかない彼方などが、なにか言えるはずもなかった。

「あの、ペンを返してもらえませんか？」

「いいよ。一緒に映画を見に行くって約束してくれるならね」

「……その話なら、前にも言いましたけど…」

何度断れば分かってもらえるのだろうか？

だいたい、今この時期にそんな悠長《ゆうちょう》なことを言ってる時間はないはずなのに。

実行委員や寒河江たち生徒会役員は、みな忙しく動き回っている。食材を調達してくれる地元食料品店に顔出ししたり、木材を安く分けてくれる工務店に根回ししたりと、それぞれが身を粉《こ》にして働いている中、映画になど行ってられる余裕がどこにあるというのか。

さすがに渋面《じゅうめん》を作ると、武藤は慌てたように言葉を付け加えた。

「だからさぁ、別に今じゃなくてもいいんだって。文化祭終わってからでもさ。水谷が気にしてんのはそのことなんだろ?」

もちろんそれもそうだが、それ以前にどうして自分が武藤と一緒に映画なんかに行かなくてはならないのかという疑問が、まず先にある。

もともと自分は人見知りが激しいタチで、友人以外と話す機会はそう多くない。それなのに、見知らぬ上級生とバスで三十分も下って街まで遊びに行くだなんて、考えるだけでも憂鬱《ゆううつ》だった。

何度も『すみません。映画は他の方と行ってください』と断っているのだが、武藤はのらりくらりとかわしているだけで、一向《いっこう》に諦めてくれる気配がない。

「でもこんなチャンスでもないと、一緒に映画になんか行けないんだしさ」

……別に行けなくてもいいのに。

口からはみ出てしまいそうになる声を、必死に飲み込む。

ともかく今は、積み上がっている目の前の資料と予定表を照らし合わせて、とっとと片付けてしまいたかった。

「お願いですから、その資料とペン、返してもらえませんか?」

「分かってる分かってる。だからさ、まずは俺と……」

彼方が強く断れないのをいいことに、武藤は耳に息を吹きかけるようにしてひそひそと話しかけてくる。

この人のこういうところも、彼方の苦手なうちの一つだった。

なぜ話をするだけなのに、こんなにもくっつかなければならないのだろう？

さりげなく武藤の腕から逃れつつペンを取り返そうと腕を伸ばすと、今度は反対に伸ばした手を握られてしまい、グイと強く引き寄せられた。

「あの、手を放していただけませんか？」

「いいぜ？　今すぐ『うん』って言ってくれたらね」

「ですから……」

どうしよう。思った以上に手首を摑む力はきつく、簡単には放してもらえそうにない。

かといって、この場を乗りきるためにその約束に安易に頷いてしまうのも嫌な気がして、どうしても頷けなかった。

「水谷ってさ、シャンプーとかなに使ってんの？」

「え？」

いきなりの話題転換に面食らう。

武藤は彼方の耳のあたりに寄せると、スンスンと鼻を動かした。

「別にふつーの、寮に置いてあるやつですけど…？」

「そうなのか？　にしては、いつもすごいいい匂いがするんだよなぁ。髪もふわふわだし」

「…ゃっ」

生温かく濡れた感触が耳に触れた瞬間、ぞっとしたものが背筋を走り、自分でも思ってもみなかったような声が出た。

耳を舐《な》められたのだと気付いたのは、しばらくたってからだ。

「武藤先輩、どうかなさったんですか」

突然かけられた声に驚いて振り返る。

いつの間にか、背後には寒河江が立っていた。その視線の鋭さに射抜《いぬ》かれたように、ぱっと彼方から離れた武藤が、慌てて席を立つ。

「いや…その、あんまりにも一生懸命やってるからさ。根を詰めないようにって、休憩をすすめていたところで…」

武藤はバツが悪そうにしどろもどろの言い訳をしていたが、寒河江の視線は冷ややかなままだ。

「そうですか。それはどうも」

笑顔で答えていても、その目はまるで笑っていない。整った顔が冷たく笑うと、かえって背筋がぞくぞくするような恐ろしさがあった。

「じゃ…じゃあ、またな。水谷。無理すんなよ」

寒河江の視線に気圧されるようにして、そそくさと生徒会室から去っていく男の後ろ姿に、彼方は心底ホッと息を吐く。

武藤には悪いがあまり気にかけられても嬉しくないし、耳を舐められたときはその気持ち悪さに、飛び上がるほど驚いた。

「あの…」

ともかく寒河江のお陰で助かったのだ。

ちゃんと礼を言おうとして顔を上げた彼方は、だが次の瞬間、自分に向けられた視線の鋭さにピシリと凍りついた。

「ここは場末《ばすえ》の盛《さか》り場ではなかったはずだが」

――――え?

静かな声に、キンと耳の後ろで耳鳴りを感じる。

声をなくして固まる彼方を冷たく見下ろしながら、寒河江はさらに唇を開いた。

「誰かとイチャつきたいなら、せめて人目の付かないところでやってくれないか? ここはみんなが使用する生徒会室であって、デート場ではない」

淡々と告げられた声には、寒河江の怒りがひたひたと滲んでいた。

その場に残っていたのは文化祭実行委員の中でもメインで働いている人物ばかりだった

が、彼等でさえ、なんと言って声をかければいいのか分からない様子で固まっている。

「寒河江。言いすぎだぞ」

その空気を割るように、山本が低く寒河江を窘《たしな》めた。

「今のはどう見ても武藤先輩のほうに非があるだろ。水谷は、なんとかこの場を穏便にすませようとしてだな…」

「ならどうして周囲の人間がそれを放っておいたんだ？　彼があまり嫌がっているようには見えなかったから、これまでも放っておいたんじゃないのか？　事務処理なんかより、男といちゃつくほうがよっぽど得意と見える。いつになったらその予定表が役員に回るのやら……。案外ここへは男漁《あさ》りに来ているのと思われても、仕方ないいんじゃないのか？」

「寒河江っ！」

山本の制止が大きく響く。だが友人からの鋭い一喝《いっかつ》も、寒河江は顔色一つ変えずにさらりと受け流した。

反論の言葉はなにも浮かんでこなかった。

自分の仕事がトロくさいことは重々承知している。それに寒河江の言うとおり、自分がここへ通ってきているのは邪《よこしま》な気持ちがあったからだ。

そんな後ろ暗い部分を、ばっさりと切られた気がした。

――痛すぎて、声もない。

彼方は俯くと、手のひらを膝の上でぎゅっと握りしめた。

自分のせいで場が気まずくなっているのだ。このままなにも言わずにいるわけにもいかずに、震えそうになる声を必死で押し出した。

「あの…俺。すみません。お手伝いに来たはずなのに、なんか…迷惑ばっかりかけて…て」

笑って軽く謝るつもりが、最後までは言葉にならずに息を飲み込む。

これ以上なにか口にしたら、喉の奥から熱いものがどっと溢れ出してしまいそうだった。

そしたらまた、寒河江の嫌いな涙を見せてしまうことになる。それだけはどうしても嫌で、彼方は込み上げてくる熱いものをぐっと強く飲み込んだ。

冷たい視線が突き刺さるようで、痛くて顔も上げられない。

きっと未練たらしい自分の気持ちなど、寒河江はとうに気が付いている。

だからこそ、いつまでも邪な気持ちを持ち続けている自分のことを、許せないのだろう。

自分が武藤にいくら気遣われても居心地《いごこち》の悪さしか感じなかったのと同じように、寒河江もきっと迷惑していたのだと、彼方はそのとき初めて気が付いた。

「これ…、ちゃんとやってきますので…」

声が掠《かす》れるのは隠せなかったが、それだけは伝えなければと必死に声を押し出す。

同時に彼方は立ち上がるとぺこりと頭を下げ、目の前の書類を抱えて逃げるように生徒会室をあとにした。

山本の呼び止める声が聞こえたが、振り返ることはできなかった。

あとたった一度でも、あの清廉《せいれん》で冷たい瞳に見つめられたら、息の根が止まる気がした。


彼方が小走りに出ていったあとの生徒会室では、山本の怒鳴り声が鳴り響いていた。

「この人非人《にんぴにん》！　お前の血の色は緑かっ？　必死になってお前なんかを追いかけてる水谷の気がしれん。まぁ…それもこれまでだろうがなっ！　少しは反省しろっ」

面倒見のいい山本としては、一方的に彼方だけが責められたことが許せないらしい。

『あんないい子を泣かせるなんて…っ』と本気で憤《いきどお》っている友人に、寒河江は冷めた視線を向けると、大きな溜め息を吐いた。

「らしくもなく、随分《ずいぶん》いれ込んでるんだな。……ならお前が優しくしてやればいい」

「お…前というやつは…っ！　もう知らんっ」

顔を真っ赤にしながらそう叫ぶと、気の短い実直な友人は、ドカドカと激しい足音を立てて生徒会室を出ていってしまった。

「うーん。らしくないのはお前のほうじゃない？　なにをそんなに苛立ってんの？」

それまで黙ってことの成り行きを見守っていたらしい中園が、たいして興味もなさそうに尋ねてくる。

それに寒河江は、少しだけ眉を寄せた。

「お前こそ、人のことに口を出すなんて珍しいな？」

「別に。いつも冷静沈着な寮長様らしくないなと思って」

生徒たちの人気投票でちゃっかり生徒会長に収まった中園は、参謀《さんぼう》役である寒河江に全《ぜん》幅《ぷく》の信頼をおいているため、いつもならプライベートまで口を出してくることはない。

それがこんな風に尋ねてくるぐらいなのだから、たぶん自分は友人たちの言うとおり、いつもからは考えられないほど感情的になっているのだろう。

だが寒河江自身、理由など聞かれても答えは出そうになかったし、それを突き詰めて考えるつもりもなかった。

中園もそれを知っているのか、それ以上は尋ねてこようとはしなかった。

そのことにどこかでほっとしながらも、顔色をなくして凍りついていたあの後輩の表情を思い出すたび、なぜか胸の奥にチリ…とした苛立ちを感じて、寒河江は我知らず小さく舌を打った。

ドアの隙間《すきま》から、そうっと中を覗き込む。そうして誰もいないことを確かめてから、彼方は生徒会室の扉を静かに開けた。

珍しく鍵《かぎ》が開いていたため、まだ誰かが残っているのかもと思ってひやひやしたが、どうやらただのかけ忘れのようだ。

ここへ再び足を踏み入れるにはかなりの勇気を要したものの、寮の夕食の時間帯ならたぶん誰ともかぶらないはずだと目星《めぼし》をつけたのは、どうやら間違いではなかったらしい。

「えっと確か、この棚の奥…」

寒河江からのきつい忠告を受けてから、今日で三日。彼方は自分なりに考えて一つの結論を出した。

これ以上、寒河江や生徒会の役員たちに迷惑はかけられない。この仕事だけ無事やり終えたら、それと同時にこの恋はもう諦めよう。

それを思うとどうしても泣けてきそうで、彼方は奥歯を食いしばって堪えていたが、それでもじわりと溢れてくるものは止めようもなかった。

――自分がこんなに泣ける体質だなんてことも、この恋で彼方は初めて知った。

別に相手の気を引きたいとか、同情してほしいと思っているわけではない。

それでも寒河江の冷たい声や、突き刺すような厳しい視線を思い出すだけで、泣けてくるのだ。いろんな意味で。

ともかく、仕事だけはきちんと終わらせよう。

そうじゃなければ、なんのために手伝いを申し出たのか分からない。たいしたことはできないが、それでも一度引き受けたものだけでもきちんと終わらせておきたくて、役員たちが帰宅した時間を見計らって、彼方は生徒会室には足を運ぶことに決めた。

この時間ならば、きっとみんなは寮で夕食を囲んでいるはずだ。

人が多いときになるべく生徒会室に近付かないほうがいいというのは、この前の一件でもよく分かった。また変な誤解を受けたら困るし、第一こんな赤い目をしていては、ますます寒河江に嫌がられるばかりだろう。

幸い文化祭はすぐそこまで迫ってきており、彼方がやるはずだった仕事もたいしたものは残っていない。

資料等は寮の部屋へと持ち帰り、できあがり次第、松川に頼んで渡してもらっている。お茶の用意はできなくなったが、それも松川が代わりにやってくれているようだった。

寒河江にばっさりと切られたとき、松川はそこにいなかったはずだが、誰かから話を聞いたのか、それとも彼方の様子になにかしら感じるところがあったのか、仕事のやり方が変わったことに対して、深くは追求してこなかった。

そういうさばけたところも、いいな思う。

「ん…、届かな…い…」

昨年度の文化祭で使用した来賓《らいひん》名簿が、確かロッカーの上の棚にしまってあったはずなのだが、彼方の身長では棚まで手が届きそうにない。

仕方なく傍にあった丸椅子《いす》を運んできて手を伸ばしかけたとき、後ろからすいと伸ばされてきた腕に彼方は心底驚かされた。

「……………っ！」

「これでいいのか？」

――――え？

耳元で聞こえた声が、にわかには信じられず振り仰ぐ。

彼方のすぐ後ろから手を伸ばしていた寒河江は、ひょいと棚からファイルを取り上げると、彼方の目の前に差し出してきた。

ずっしりと重いそれを受け取りながら、彼方はすぐ間近にある寒河江の顔に、ぽかんと見惚れていた。

彼と会わずにいたのは、たった三日だ。それなのに一度目にしてしまえばもう、その冴えた美貌から目が離せなくなっていた。

……ぎゅっと絞られたように、胸が苦しくなる。

背後から伸びてきた腕のせいで、まるでその腕の中にいるような錯覚までしてしまう。

「違うのか？」

「あ、そう…です。そうです。これで…いいです」

半分口を開けて見惚れていた自分が、この美しい男の前でどれだけアホな顔を晒していたかに今さら気付いて、彼方は赤くなると同時に俯いた。

……顔が火照《ほて》って、仕方がない。

ひどく嫌われている相手だと分かっている。なのに性懲《しょうこ》りもなくドキドキしている自分が不思議だった。

「ありがとう…ございました」

この名簿さえあれば、今年の招待客と照らし合わせて、新たな名簿を作りなおすことができる。

彼方は寒河江からもらったファイルを胸に抱えなおすと、そそくさと部屋を出て行きかけたが、それを寒河江の低い声が呼び止めた。

「それは持ち出し禁止だぞ」

「え…?」

「個人情報にあたるからな。閲覧するなら、この部屋の中だけになっている」

「ご…ごめんなさい…。俺、知らなくって…それで、あの…」

途端に真っ青になって頭を下げた彼方に、寒河江はなぜか不機嫌そうに目を細めた。

「お前、そうやってすぐ謝るクセはやめろ」

「すみま…、あ」

再び謝りかけた彼方は、すぐ自分の失言に気付いてぱっと口元を手で押さえた。

——なんでだろ…。

よりにもよって、自分は寒河江の前でばかりいつも失敗している気がする。

またひどく呆れられたに違いないと思いつつ、恐る恐る視線を上げた彼方は、そこに予想もしなかったものを見つけて再びぽかんと口を開いた。

笑ってる…。

寒河江は別に、呆れたりはしていなかった。代わりに『仕方がないな』というような顔をして、唇の片端を上げて小さく笑っていたのだ。

寒河江のそんな柔らかな表情を目にしたのは初めてのことで、驚きすぎてなんの言葉も出てこなかった。

「名簿を作りなおすのか?」

「あ……。は、はい。そうです」

「ならここを使えばいい。どうせ俺もまだ仕事が残ってるから」

自分のせいで迷惑はかけられないと、彼方が慌てて首を振るのを目にしてか、寒河江は『別にお前のためじゃない』と言い放った。

「どうせここの鍵は、役員の誰かが職員室に返しに行くことになってるんだ。部外者に貸し出すわけにはいかないしな」

そこまで言われて、ようやく気付く。

珍しく生徒会室の入り口に鍵がかかっていなかったのは、寒河江がまだ残っていたからだったのだ。姿が見えなかったのは、どうやら隣の資料室にこもっていたかららしい。

たとえ一瞬でも自分のために残ると言ってくれたのかと勘違いしてしまった自分が、ひどく恥ずかしかった。

赤くなって俯く彼方を気にもせず、寒河江は定位置にある椅子へと向かうと静かに腰を下ろした。そうして資料を開きながら、『どうせだから、お茶でもいれてくれるか?』とぽつりと呟く。

それに『え…?』と問い返すように顔を上げた彼方は、今耳にした言葉がにわかには信じられず、寒河江の姿をまじまじと見つめてしまった。

「紅茶がいい」

「え、あ。はいっ。…えっと……ダージリンでいいんですよね?」

「ああ」

言われた言葉を理解するのにだいぶ時間がかかったが、はっと我に返ると急いでお湯を沸かしに給湯室へと向かう。

ポットに水を注ぎながら、彼方はあまりにも信じがたいこの展開を、しみじみと振り返っていた。

――ささいな偶然が重なったとはいえ、また寒河江に紅茶をいれてあげられる日が来るなんて、思いもしなかった。

思いがけない幸運を噛みしめながら準備を終えた彼方は、あらかじめ温めておいたカップに紅茶を注ぐと、盆に載せて寒河江の元へと向かう。

「どうぞ」

寒河江はそれを無言のまま受け取り、決算書に目を通しながら口へ運び始めた。それだけでも優雅に見える仕草《しぐさ》にこっそり目を奪われつつ、彼方もテーブルの端に座って名簿を開くと、自分のカップへ口をつける。

「……やっぱり美味《うま》いな」

「え？」

ふいに聞こえてきた言葉に、彼方は驚きのまま顔を上げた。

「他のヤツがいれたのは、まずくて飲んだような気がしないからな」

一瞬、自分の耳を疑う。

今、彼はなんと言ったのだろうか？

「松川からもらった資料のほうも、よくまとまっていた。仕上がりは相変わらずゆっくりだったが、細かいところまで気を遣ってまとめてある。字も綺麗だし、とても見やすくて助かった」

淡々とした口調でそう告げると、寒河江は再び目の前の資料に視線を戻した。

——今のって、もしかして褒められた？

嘘みたいだ。

もしかしたら、この前言いすぎたことに対するお詫びのつもりなのかもしれなかったが、そんなことはどうでもよかった。

……信じられない。

こんな些細な一言でも、胸が喜びにうち震えているのが分かる。

誰かから、褒められたいと思って始めたことではない。

どちらかといえば、完全に自分勝手な目的のためだけに始めた手伝いだったのだ。ただ寒河江を傍で見ていたくて。

まさかその本人から、こんな優しい言葉をもらえるとは夢にも思っていなかった。むしろ目障《めざわ》りだと言われても、仕方がないと覚悟していたのに。

鼻の奥がツンと痛くなって、慌てて俯く。

カップから立ちのぼる湯気が瞼《まぶた》にあたって、じわりと染《し》みた。

溢れ出そうになるものを必死で抑えようとして、急いで目を瞬《しばたた》かせる。すると目に溜まっていた大きな粒が一粒、ぽとりとカップの中へと零れ落ちた。

寒河江はそんな彼方になにも言わず、資料をめくり続けている。

そのことにホッとしながら、彼方は目に湯気があたったせいにして、もうひと粒カップの中に涙の雫が吸い込まれていくのを見守った。

……嬉しくても、人は泣けるものらしい。

寒河江は相変わらず無言のまま、ただ隣にいてくれる。

それだけで、手の中のカップのように身体の中がじんわりと熱く満たされていく気がして、不思議だった。


彼方にとってはラッキーなことに、名簿の確認作業には思った以上に時間がかかることが分かり、この幸せな時間はしばらく続くことになってしまった。

生徒会が終わった時間を見計らって、寮から再び学校に戻る。そうしていつも最後まで残って作業している寒河江に合流させてもらい、名簿の確認をする。

二人でいるからといって、特別なにか会話があるわけではない。寒河江は寒河江の仕事をこなしていたし、彼方も同じようにこつこつと名簿の作成を続けていた。

ただ休憩の間だけ、彼のために紅茶をいれる。それが彼方にとってはなによりも幸せな一時だった。

だがこんな日が長く続くことはないということも、ちゃんと理解していた。

文化祭は明後日《あさって》だ。

それが終われば、彼方が生徒会室に足を踏み入れることはなくなり、もはやこんなに近くで寒河江の気配を感じたり、彼のためにお茶をいれてあげることもできなくなるだろう。

それを思うと少しだけ、キリで小さな穴を明けられたみたいに胸が痛んだが、それも『仕方がない』と、彼方は自分の気持ちに折り合いをつけた。

……初めから分かっていたのだ。この恋が報《むく》われるはずがないことは。

それでもいいと、ただ傍にいられたらいいと思って、始めた恋だった。

寒河江に気持ちを押し付けるつもりはない。むしろ彼方の気持ちを知っていながら、嫌がらず傍に置いてくれたことを、ありがたいとすら思っている。

「明日は寮に空調のメンテナンスが入る日だから、俺は早めに寮へ戻るつもりなんだが」

「あ…そう、なんですね」

帰り際に声をかけられて、彼方はぴたりと立ち止まった。

寒河江には生徒会の他に寮長としての責務もあることを、言われるまですっかり失念していた。当然ながら、放課後に残ってばかりはいられない。

しかしそう頭で理解していても、寒河江の言葉を聞いた途端、ひどくがっかりしてしまったのも事実だった。

残りはあと二日しかないというのに、その貴重な一日が消えてしまうのだ。

「どうする？　お前一人をここに残しておくわけにはいかないし、中園は食品管理のほうで、このところずっと他の奴らに付き添って街まで行ってるからな。なんなら山本にでも頼んで来てもらうか？」

気を遣ってくれたのか、寒河江からの譲歩案にふるふると首を振る。

勝手に時間外の作業をしている自分のために、部活や生徒会でいつも忙しい山本を呼び出すなんておこがましくてできそうもない。

「いいです。どうせあとちょっとだし…、名簿のチェックはほとんど終わってますから。今までどうもいろいろとありがとうございました」

彼方が努めて明るく笑うと、寒河江はなぜか痛みを感じたみたいに目を細めた。その艶《つや》めいた表情に、思わずドキリとしてしまう。

「…寒河江先輩？」

急に黙り込んでしまった寒河江を見て、なにか気を悪くしたのかと思い、恐る恐る声をかける。

「いや、行こう」

やや乱暴と思える手つきで寒河江は生徒会室の鍵をしめると、さっと廊下を歩き出した。

すっかり人気のなくなった校舎。廊下からは明るい月明かりが差し込み、それが愛しい人の横顔を明るく照らしている。

もう間近で見ることもかなわなくなるそれを、できるだけ記憶に留めておこうと目をじっと凝《こ》らしていると、ふいに寒河江が小さな溜め息を吐き出した。

「……そんな目で人を見るな」

「ご…ごめんな……」

謝りかけて、それは禁句だったと慌てて口をつぐむ。

こんなときまで、自分はやはりどこか抜けている。

「別に、怒ってるわけじゃない」

だが唇をきゅっと噛んで俯いた彼方に、寒河江はそうぶっきらぼうに声をかけると、先をスタスタ歩いていく。

その後ろ姿を慌てて追いかけながら、寒河江の声が本当に怒っていなかったことに気付き、彼方はホッと胸を撫《な》で下ろした。

こちらを決して振り向かない寒河江が、今どういう表情をしているのかは分からなかったが、以前彼方を強く拒絶したときに見せたような冷たさはまるで感じなかった。

歩く速度も、彼方に合わせてなのかいつもよりも若干、遅い気がする。

それがなんだか嬉しくて、でもだからこそかえってつらい気もして、彼方は黙ってあとをついていくしかなかった。

……多分、この背中をこんな風に追いかけるのも、これが最後。

そう思うとなにか気のきいた言葉をかけたいような気もしたが、結局うまい言葉など思い浮かばずに、ただ黙って寮までの夜道をてくてくと歩いた。

月明かりの下の沈黙は、なぜかいつもより優しい気がした。

そうして結局寮につくまで、どちらからも言葉はなにも出てこなかった。


翌日、彼方ができあがった資料を手に生徒会室を訪ねると、そこでは文化祭実行委員のメンバーが集まって忙《せわ》しなく動いていた。

さすがに日が近いため、下校時間を過ぎても教室に残る生徒が多くなってきているようだ。

彼方が資料だけ渡して帰ろうとすると、実行委員のメンバーの一人から『こっち、まだ人手が足りないんだよ』と泣きつかれた。

「昨日さ、体育館演目のカラーパンフレットが業者からできあがってきたんだけど、こっちの手落ちで開演時間とかが間違ってるんだ。シールを作ったから、悪いんだけど水谷も張り替えるの手伝ってくれないか？」

先輩たちからそう言われてしまえば、むげに断ることもできない。

あの日以来、なるべく他のメンバーと顔を合わせないようにしてきたが、こうして顔を出しておきながら今さら『できません』とは言いにくい気持ちもあった。

「なんだ。ようやく出てきたのか」

珍しく、みんなもいる時間に彼方がいるのに気付いて、松川は隣にすとんと腰を下ろした。

「これを貼っていけばいいのか？」

「あ、うん。そうみたい」

あまりにもいつもどおりの松川に、彼方は『ありがとう』と笑い、一緒になって作業を進める。

生徒会室では入れ替わり立ち替わり、生徒たちがやってきては足りない物品の補充や、体育館の照明などを確認し、慌ただしくまた去っていく。

そんな中、もくもくとシール貼りを続けていた彼方は、いつの間にかかなりの時間が経ち、居残り組となってしまったことに気が付いた。

最後まで一緒に残ってくれていた松川も、そろそろ自分のクラスの製作を手伝いに行かねばならないというのを聞き、彼方も慌てて席を立つ。

「だいたい終わったな。俺は先に行って、他のクラスの見回りもしてから教室に寄らなきゃいけないから、水谷はここの鍵締めをお願いできるか?」

言いながら、生徒会室の鍵を手渡される。

「でも俺、部外者だし…」

彼方がひるむと、『そんなの今さらだね』と松川は鼻で笑って出ていってしまった。

確かに今の彼方はそこにいても違和感のない存在となっていたし、生徒会室のどこを戸締まりをすればいいのかも、寒河江と一緒に過ごした三日間で把握している。

だが寒河江からは『部外者が一人で残るな』と言われていたし、その言いつけを守れないのは嫌だった。

——仕方ない。

残りはまた寮に持ち帰ってやろうと決めると、彼方は窓の戸締まりを始めた。

そうして奥の資料室も確認してから再び生徒会室へ戻ってきたとき、先ほどまで自分が座っていた椅子に、横柄にも足を乗せて座っている人物がいることに気付いて、彼方はぎくりと身を竦ませた。

「…武藤先輩……」

「よぉ、久々にお前が生徒会に顔出したって聞いたから、俺も寄ってみたんだけど。なに? もう帰るの?」

人懐《ひとなつ》こそうな笑みを浮かべているにも拘《かか》わらず、なぜだかその笑みに不穏な感じを覚えて、彼方は机の端に置いてある自分の鞄《かばん》へそろそろと向かった。

「はい。あとちょっとで終わりですから。……残りは明日までにやってきます」

「なんで？　あと少しならやっていけばいいじゃん」

彼方が手にとろうとした鞄を、なぜか武藤が先にすいと手を伸ばして奪ってしまう。その素早い動きに胸がざわついて、彼方は反射的に伸ばした腕を引っ込めた。

「俺は部外者ですから。いつまでも一人で残ってたらまずいと思いますし…」

「じゃあ、俺が一緒にいてやるよ。それなら問題ないんだろ？」

確かに武藤も一応は文化祭の実行委員に名を連ねている身だ。そう言われてしまえば断る理由もないはずなのだが、彼方はその申し出に素直に頷くことができなかった。

どうしてかはわからないが、媚《こ》びたような彼の笑みを見ると背筋がざわざわして、怖く感じるのだ。

じっとり舐めるようなその視線も、肌にまとわりつくようで不快だった。

「本当にいいです。付き合わせるのも悪いですし…」

「遠慮すんなって」

言いながら武藤は座っていた椅子から立ち上がると、半ば強制的に彼方の腕を摑んでそこへと座らせた。そうして背後へまわり込み、椅子ごと抱き込むように手を回してくる。

「な…に？」

「ふーん、このシールを貼ってるわけ？　ちまちましてんなぁ。どうせなら全部刷りなおせばいいのに」

彼方の肩に腕を回したまま、武藤は机に並べられたパンフレットをしげしげと眺めている。密着するように押しつけられた彼の体温が、暑苦しかった。

「予算も、時間も足りないので…。あの…、もう少し離れていただけません…か？」

武藤の手が撫でるように胸元まで下りてくるのを感じて、彼方は耐《た》えきれずに拒絶の言葉を漏らした。

纏《まと》わりつくような触れ方に、肌がざわめいているのが分かる。

「なんで？　こうされるのって気持ちよくない？」

――気持ち悪い。

耳たぶに触れるようにして囁き込まれた声に、身体の芯からぞっとした。

一方的にあちこちと触られて、気持ちがいいわけなかった。震え出しそうになる身体にしっかりしろと言い聞かせながら、彼方はきつく奥歯を噛みしめる。

こんなのはなんでもいない。毅然《きぜん》とした態度で、ただ振り払えばいいだけだ。

「あの…っ！」

「どうせ寒河江には冷たくされてるんだろ？」

だが耳元で囁かれた武藤の声に、彼方は無言で凍りついた。

血液が、さっと音を立てて下がっていくのを感じる。

「な…？」

――どうして。なぜ武藤がそんなことを言うのか。

「俺が代わりに、ちゃんと慰めてやるからさ。あんな冷血漢なんかよしとけよ？　な？」

なぜかは分からなかったが、この人は知っているのだと彼方は悟った。

自分が寒河江を好きだということを。そして、寒河江からは徹底的にその感情を無視されているのだということも。

「性格は悪いし、根性も思いきりねじ曲がってやがる。寮長だかなんだか知らないが、年下のくせに、いつも人を見下したような目で見やがって…っ。いったい自分を何様だと思ってんだ。あの生意気な鼻っ柱、いつか絶対折ってやるから」

「……あのっ！」

吐き捨てるような武藤の言葉に、彼方は背後をキッと振り返ると強い視線で睨み付けた。

自分のことならまだしも、寒河江を悪く言われるのは我慢がならない。

だがまるでそれを待ちかねていたかのように、武藤は振り返った彼方の顎《あご》をぐいと摑んで上向かせると、無理矢理唇を重ねてきた。

ぬめった感触にぞっと全身に怖気《おぞけ》が立つ。

慌てて押しのけようとしてみても、力の差は悲しいくらい歴然としていた。

「ん…うっ…」

強引に割り込んでくる舌に鳥肌が立ち、彼方はがむしゃらに暴れて手を動かした。ついでに武藤の身体をどんどん叩いてみたものの、身体の大きさが違うせいか全く効いている様子がない。

ぬっと強引に舌が歯列を割って入り込んできたとき、彼方は耐えきれずそこに歯を立てていた。

「……っっ！」

瞬間、頬に焼かれるような熱い衝撃を感じて、椅子ごと張り倒された。

目の前が真っ赤に染まる。

キーンとした耳鳴りと衝撃が、今の状況を一瞬だけ忘れさせた。

次第にじんじんと痛み出した頬の感覚で、武藤に思いきり殴られたのだと気付く。

それでも彼方は倒れていた床から立ち上がろうとしてもがいたが、上からどしっと体重をかけられ、逃げ場を失った。

「暴れんなって。よくしてやるから…」

「いや…だっ！」

シャツの裾から入り込んでくる手にぞっとするような寒気を覚え、めちゃくちゃに暴れる。だが彼方より二十キロ近く大きな身体でのしかかられていては、びくともしなかった。

それでも彼方はその腕の中から逃れようと、必死になって抵抗を試みた。

あちこちぶつけて痛かったが、その痛みも感じないほど、ただがむしゃらに腕や足を動かし、逃げ道を探る。

その瞬間、もう一度パンッと今度は反対側の頬を思いきり張り飛ばされた。

目の前が真っ白に染まり、じわり……とさびた甘い鉄の味が口の中に広がっていく。

「暴れんじゃねぇって言っただろ！　この俺が、あんなヤツの代わりをしてやるって言ったんだ。大人しくしてりゃすぐすむって。どうせ寂しく一人で慰めてたんだろ？」

――嫌だ、嫌…っ！

武藤になど触れられたくなかった。寒河江の代わりなんか誰もいらないし、そんなもの欲しくもない。

ビッと鈍い音とともにシャツが裂かれて、ボタンが弾け飛ぶ。

しぶとく抵抗を続けると、再び身体を強く殴られたが、それでも彼方は抵抗をやめなかった。

武藤の舌が、首筋や胸元を這う感触が耐えられない。思いきり腕を振って殴りつけた途端、反対にその腕を摑まれてしまい、肘で強く喉のあたりを圧迫される。

すぐに呼吸が苦しくなり、鳩尾《みぞおち》のあたりを膝で思いきり押しつぶされた。

「ぐ……」

息が苦しくて、目の裏がちかちかとスパークする。ひどい吐き気とともに、身体からわずかな力も抜けていくのを感じた。

目の前が、真っ暗になっていく。

それでも彼方は、かすかな抵抗をやめられずにいた。

――あの人の代わりになんか、誰もならない。

「……っ、…ごほ…っ」

ブラックアウトする直前、なぜか突然、身体が軽くなった。

ひゅっと急に音を立てて空気が胸に入り込んできたために、大きくむせる。肺を満たす酸素をとり込もうとして、彼方は身体中で呼吸を繰り返した。

「ご…ほ……っ、ごほ…っ」

視界が滲み、頭上の蛍光灯の明かりが目に眩《まぶ》しかった。

むせ続ける背中を宥めるように、誰かが床から身体を起こして、温かい手で背中をさすってくれているのが分かる。

「ゆっくり深呼吸しな。そう。…もう大丈夫だから」

その温かな腕へすがりつくと、息苦しさが少しだけ和らいだ気がした。

酸素の足りない頭の隅で、誰かが助けてくれたらしいことだけ理解する。涙を擦《こす》って目を開けると、そこには青ざめて怖い顔をした松川が、彼方の肩を支えてくれていた。

寒いわけでもないのに、がくがくと手が震えている。それに気付いたのか、松川は自分のジャケットを脱ぐと、彼方の破れた衣服の上から着させてくれた。

力任せに脱がされた制服は、かなり悲惨な状況となっているようだ。

「寒河江！　お前そこまでにしとけ！　有段者のくせに素人を殺す気か？」

山本の怒鳴り声に、ようやく他にも人がいたのだと気が付く。

友人に強く肩を摑まれた寒河江は、無表情のまま、すでに意識を失って床に伸びている武藤に向かって、最後にもう一つ容赦のない蹴りを入れた。

そうして、わずかにずれた眼鏡の縁《ふち》をすいと直す。

「こんなクズ、殺す価値すらない」

ぞっとするほど低い声だった。

「……分かった。お前が本当に怖い男なのはよく分かったから。ここは中園と一緒にうまく処理しておく。……だから、お前は水谷をなんとかしてやれよ。あんなカッコでいつまでいさせるつもりだ？」

視線だけで人が殺せるんじゃなかろうかというような、鋭い視線で武藤を見下ろしていた寒河江の背を、山本は宥めるように優しくぽんぽんと叩いた。

そこでようやく寒河江も、松川の腕にもたれている彼方へと向きなおる。

「さ…が…先輩？」

呟いた声は、ひどくしゃがれていてまともに出てこなかった。

それにきつく眉をひそめた寒河江をぽかんと見上げながらも、彼方はいまだにこの状況がよく理解できずにいた。

――なぜこの人が、今ここにいるんだろう？

今日は寮へメンテナンスの業者が入る日だから、彼は生徒会室に顔は出さないはずではなかったか？

そんな疑問で頭の中がぐるぐると一杯になっているうちに、無言のままつかつかと歩み寄ってきた寒河江が、腕を摑んだ。

だが彼方の足元がいまだがくがくしてうまく立ち上がれないと知ると、寒河江は足の下に腕を回してひょいと抱きかかえ上げる。

「あ…っあの…っ！　大丈夫です。ちゃんと俺、歩けるし…」

「落とされたくなければ、暴れるんじゃない」

ぎょっとして慌てふためく彼方を一喝で黙らせた寒河江は、そのままスタスタと部屋を横切っていく。

松川が気をきかせて、手のふさがった寒河江のために入り口の扉を開けてくれた。

そうして、寒河江の腕の中で恐縮しまくっている彼方と目が合うと、『せっかくだから、甘えておけば』とけろっとした顔で呟いた。

「ちゃんと摑まっていろ」

そんな松川の声に応えたわけではないのだろうが、寒河江からも促されて、彼方は恐る恐る自分を抱き上げている男の首へ腕を回していく。

――今だけ。今だけ特別だから。

そう言い聞かせて、抱きつく手にぎゅっと力を込めたとき、彼方は自分の手のひらがまだ小刻《こきざ》みに震えていたことに気が付いた。

きっと寒河江にも、気付かれてしまったことだろう。

それでも寒河江は無言のまま、なにも言おうとはしなかった。彼方を責めるような言葉はなにひとつ。

それがなんだか今の彼方には、とても暖かく感じられた。自分をしっかりと抱きかかえてくれている、その腕と同じくらいに。

寒河江に連れてこられたのは、寮の中でも一階の一番奥にある角部屋だった。

普通よりも大きめな造りのそこは、寮長の個室として利用されている場所でもある。

彼方の部屋は三階にあるため、今の乱れた姿を人目に晒すのを避けて、寒河江はわざわざここへ連れてきてくれたのだろう。

こんなときだというのに、彼方は寒河江のプライベートな部屋へ初めて足を踏み入れたことに、不謹慎《ふきんしん》にもドキドキしていた。

彼がいつも使っているであろうベッドにそっと下ろされて、ようやく詰めていた息を吐き出す。

「あ…の…」

せめてここまで運んできてくれたお礼を言いたかったのだが、終始無言のまま不機嫌なオーラを放っている寒河江を見てしまうと、なにも言葉は出てこなかった。

もしかして……怒っているのだろうか？

さっきから無言なのは、どうやら不機嫌さがピークに達していたからだったらしい。

怒りを滲ませた瞳にじろりと睨まれて、彼方は息を飲み込んだ。

考えてみれば、寒河江にあれだけ忠告されていたにも拘わらず、再び武藤とのことで面倒をかけてしまったのだ。

これでは寒河江に呆れられてしまったとしても当然だろう。

「……いろいろと、ありがとうございました」

居たたまれないその空気に耐えられず、ベッドからそっと立ち上がる。

彼方がぺこりと頭を下げて扉へ向かおうとした途端、じろりとした寒河江からの鋭い視線に、行く手を阻まれた。

「どこに行くつもりだ」

「え…？　どこって、自分の部屋へ…」

「そんな格好でか？　いかにもたった今襲《おそ》われてきましたと言わんばかりの姿で寮の中を徘徊《はいかい》して、また同じような目にあいたいらしいな」

容赦がない寒河江の言葉にシュンとしつつ、自分の姿を改めて見下ろす。

確かにシャツはちぎれてボタンはなくなっているし、ズボンもかなりしわくちゃだ。

「だいたいなんであんな時間まで、一人で残ってたんだ？」

「あの…名簿を渡しに行ったら、先輩たちからパンフレットのシール貼りを頼まれて…。みんな他に用事があるというので、代わりにやってたらこんな時間になって…」

「本物のバカかっ、お前は？　自分の仕事以外にそんなものまで頼まれて、ホイホイやってやるなんてお人よしすぎるんだ！　第一、あれほど一人きりになるなと言っといただろうっ！　お前のようなヤツが誰もいない部屋に一人で残っていたら、なにが起きるのかぐらい少しは自覚しろっ」

彼方としてはありのままを伝えたつもりだったが、ただその怒りを煽《あお》っただけらしい。

珍しい寒河江の怒鳴り声に、ビクリと身体を竦ませた。

普段なにごとにも冷静沈着で動じないと言われている寒河江が、声を荒げている。それだけで怒りの深さが分かるというものだ。

「ご…めんなさい」

「すぐに謝るなとも言ったはずだ！　……言ってる俺でさえ言いがかりも甚《はなは》だしいと分かってるようなことにまで、いちいち頭を下げるんじゃない」

寒河江は、らしくもなくイラついた手つきで眼鏡を外すと、その目頭《めがしら》を押さえ、地の底までめり込みそうな深い溜め息を吐き出した。

「全く……。謝るのなら、別のことで謝ってもらいたいぐらいだ」

その言葉に、彼方はギュッと胸元で手を握りしめた。

自分はまた知らぬ間に、寒河江に迷惑をかけてしまっていたらしい。それを突きつけられた気がして、身を竦ませる。

「あ…あの？」

だが寒河江は彼方が胸元に当てた手をとると、ふとその手を引き寄せた。

指先をじっと見つめられて、彼方も彼がなにを見ていたかに気付く。

じくじくと痛む指先から爪の先が欠けて、血が滲み出していた。きっと武藤ともみ合ったときに割れたに違いない。

寒河江はなぜかそれにチッと苦い顔で舌打ちすると、その指先をそっと口に含んだ。

「せ、先輩…っ？」

――びっくりした。

思わず妙な感じに声が裏返ってしまったが、そんなことすらどうでもよくなるぐらい、驚いた。

「本当に…、お前には振りまわされてばかりだな」

しかし寒河江が苦々しく吐いた言葉に、再びシュンとなる。

十分に分かっていたこととはいえ、こうして面と向かって言われてしまうとやはりつらいものがある。

「松川から『お前がまだ帰ってこない』って知らされたときは、血が凍る気がした。お前が俺の言いつけを破るとは思いもしなかったしな。……生徒会室で、お前にのしかかっているあの男を見つけたときは、自分でも訳が分からなくなるほど頭に血が上った。……こんなことで、自覚させてくれるな」

言いながら、寒河江はなにかを観念するかのように、深い息を吐き出した。

ひどく苦々しくも見えるのに、なぜか薄く笑っているらしいその横顔に首を傾げる。

「……先輩？」

指先が、じんじんと熱く疼《うず》いている。

労《いたわ》るような口付けをそこに繰り返されているうちに、なぜか寒河江から優しく気遣われているような、そんな気がしてきてしまう。

て俯いた。

信じられないほど優しく触れられると、傷とは別の甘やかな痛みを感じて、彼方は慌て

身体から力がどっと抜け、再び震え出しそうになる。

「痛かったか？」


「こっちも……、ここも」

寒河江は彼方が自分でも気付いていなかった手首の擦《す》り傷や、頬の赤い跡にも順に唇を這わせていった。まるで、痛みを少しでも和らげようとしてくれるみたいに。

……痛くなんかなかった。あのときはただ必死だっただけで。

痛みなら、寒河江に疎《うと》まれているという現実のほうがよっぽどつらい。

なのになぜか寒河江はそんなことは忘れたみたいに優しく触れてくるから、彼方はきつく唇を噛みしめた。

そうして、胸の奥から込み上げてくるものを必死に飲み込む。

――そんな風に、優しくなんかしないでほしい。

寒河江の前では決して泣かないと、そう決めたのだ。

なのにこんな風に優しく労られると、その戒《いまし》めが解かれてしまいそうになる。

涙を堪えるのに必死な彼方とは対照的に、冷静に傷を確かめて分析していた寒河江は、首筋にひときわ大きく残った赤い傷跡に気付いて、痛ましげに目を細めた。

「人の知らないところで、身体に傷なんか作るんじゃない」

囁きとともに、破れたシャツの首筋を大きく開かれる。

唇が赤くなったそこへ触れた瞬間、火傷《やけど》するような熱さを感じて、彼方はくしゃりと顔を歪めた。

傷跡に一つ一つ口付けられるたび、小刻みに全身が震えてしまう。それを寒河江も感じているはずなのに、寒河江は一向に唇で労ることを止めてくれようとしない。

それどころか、わざと彼方の涙を煽るみたいに、瞼やこめかみまで口付けてくるから、最終的にはどうしようもなくなって彼方は喉を震わせた。

「せんぱ…い…?」

「ちゃんと見せてみろ」

なにをされるのか分からず不安そうな声をあげると、寒河江はそんな彼方を宥めるように、額にキスを落としてきた。

それにびっくりしている間に、破れかけていたシャツを全てするりと落とされてしまう。

肌の白さが眩しかったのか、寒河江は一瞬目を細めた。

「あ……」

ベルトにまで手がかけられたことを知ったときは、さすがに少しひるんだものの、それでも制止の言葉は出てこなかった。

驚いていたというのも、もちろんある。だがなによりも、寒河江のすることを邪魔したくなかった。

カチャカチャと無機質なベルトの音が響く。他人の手で脱がされるのはひどく恥ずかしくて、彼方は首筋まで真っ赤に染めたが、それでも寒河江の手には逆らわなかった。

寒河江の器用な手によって、ズボンのホックまで外されてしまうと、彼方は瞼を震わせるようにして俯くしかできなくなる。

その様子が、あまりにも惨めに見えたからだろうか。

「お前な……、もしかしてあの男の前でも、こんな風にされるがままだったんじゃないだろうな？」

「…え？」

からかう様子で尋ねられた言葉に激しいショックが走り、彼方は慌ててぶんぶんと首を左右に振る。

「ちがっ…！　違います！　そんなわけないっ。俺…嫌で、触られたくな…く…って、必死で逃げたけど……ぜんぜ…で。慰めて…やるって言われて…、でも、そんな……の…っ」

ぶるぶると震えながら必死に言葉を紡ごうとする彼方に、聞いた寒河江のほうこそ面くらったようだったが、彼にだけは誤解されたくなかった。

でも他にどう伝えればよいのか分からず、彼方は『うー…』とその先の言葉を詰まらせると、ぼろぼろと大粒の涙を溢れさせた。

——また、泣いてる。

堪えようにもどっと溢れ落ちてくるそれを堪えきれず、ごしごしと手で目を拭う。

寒河江の前ではもう泣かないと決めたはずなのに。

こんなはずじゃなかった。自分は確かに兄たちに甘やかされて育てられてきたけれど、坂田の言うとおり結構な頑固者だし、そう簡単に泣いたりするタイプでもない。

なのに、なぜか寒河江の前でだけはダメだった。

うまく伝えられない感情の代わりに、言葉よりも早く涙が溢れてしまう。こんな自分は、嫌なのに。

……また、呆れられてしまう。

それが怖くて必死に涙を拭いながら、嗚咽が零れそうになる唇を強く噛みしめる。

だがそんな彼方の心配をよそに、寒河江はなぜか心の底からまいったというように苦笑すると、『悪かったよ』と小さく謝った。

「今のは悪い冗談だった。だから、そんなに強く唇を噛むな。……また傷が付く」

言いながら寒河江はそっとかがみ込むと、彼方が強く噛みしめていた唇へキスを落とした。

一瞬だけの、触れるか触れないかといった優しいキス。

それに彼方は、呆然《ぼうぜん》として目を見開いた。あまりにも予想外な展開に、思考が停止してしまったらしく、なにが起こったのかもよく分からなかった。

キス一つで固まってしまった彼方を眺め、寒河江はもう一度苦笑を零すと、今度はゆっくりと唇を押し当ててきた。

――嘘…。キス、されてる。

触れた唇は少しだけかさついていて、柔らかかった。

同時に背中へと回された腕に、強くぐっと引き寄せられる。

「無理に我慢はしなくていい」

「え…?」

「泣きたかったら泣いてもいいから。せめて、俺の腕の中だけにしろ」

照れたような声で耳元にそっと囁かれた瞬間、それまで堪えていたものが彼方の中で、どっと溢れ出すのが分かった。

おずおずと伸ばした指先で、確認するみたいに寒河江のシャツの袖口をそっと摑む。

それに応えるように大きな手のひらに背中をぽんぽんと叩かれて、彼方はその瞳からつ――…と新たな涙を零れさせた。

「知らないところで泣かれると、俺が気になって仕方ないからな」

囁きに、これまで堪えていた恐怖や安堵が入り交じった気持ちが溶けて、全て溢れ出していく。

彼方がしゃくり上げている間、寒河江は小さなキスを繰り返しては慰め続けてくれていたが、なぜかその間中、彼は困った様子で笑っていた。


「…ん…っ」

寒河江に触れられると、そこから身体中が蕩《とろ》けていくような気がする。

その不思議な甘い感覚に、彼方はベッドの中で素直に瞼を震わせた。

武藤に撫でまわされたときは、ただの嫌悪感しかわかなかったはずの行為。なのに今は、寒河江に触れられているのだと思うだけで、どうしようもなく淫《みだ》らになっている自分を感じて、赤くなる。

「…あっ……ああっ」

あの綺麗な指先に、自分の熱くなった部分を握られている。それだけでも羞恥《しゅうち》で今すぐどうにかなってしまいそうなのに、そのままそっと上下に擦られると、声が抑えられなくなっていく。

先ほどからとめどなく溢れる雫が寒河江の手のひらを濡らしていくのを、彼方は濡れた瞳で見守っていた。

初めての行為であっても、寒河江のくれるその感覚が快感であるのはちゃんと分かる。なによりも互いになにも身にまとっていない状態で、肌が擦れる感触が死ぬほど心地よかった。

「……っ、…ん」

あまりにも淫らな声をあげそうになる自分が嫌で、唇を噛む。

「もっとちゃんと声を出せよ」

「あぁ…っ！」

だがその途端、容赦なく追い詰める手の動きが早まった。

囁く声は、普段の寒河江からは想像もつかないぐらい甘い。それだけで目眩《めまい》を覚えて、すすり泣く。

……こんな風に、寒河江の首筋にすがりついて泣く日が来るなんて思いもしなかった。

彼方の想いはまだ幼くて、ここまで明確な欲望を持ってはいなかったのだが、それでも寒河江が与えてくれるものならば全て甘受したかった。

こんな風に甘えるつもりなどなかったはずなのに、寒河江のくれる感触をもっとと望む自分に、歯止めがきかなくなっている。

振り向いてもらえなくていい。なにもしてくれなくていい。ただ好きなだけだから…と、坂田に告げた想いは嘘じゃない。

でも今は、それ以上に貪欲な自分がいた。

その手にたくさん撫でてもらいたかったし、耳元で熱く名を呼ばれたい。そうしてきつく抱きしめてもらいたかった。

――今だけ。今だけだから。

寒河江はただ、ショックを受けた自分を慰めてくれているだけだと分かっていたが、それでも優しくされれば嬉しかった。

彼方は必死に目を開けて、自分の上にいる男の顔をじっと見つめた。涼しげな顔立ちはこんなときでも余裕めいて見えたが、少しだけ細められた目だけは鋭く、その中に潜む欲望を感じさせる。

それに身も世もなくすがってしまいそうになる自分を、そっと唇を噛んで窘めた。

そんな彼方の複雑な表情をどう思ったのか、寒河江はふっと笑うと、噛んでいた唇を指でなぞるようにして開かせた。

「つらかったら、こっちに噛みつけばいい」

そう言って口の中に差し込まれた指は硬くしなやかで、自分とは違った大人の男を感じさせた。

「ふ…」

口を閉じられなくなったせいで、飲み込みきれない唾液が頬を伝っていく。同時に背中のラインを辿《たど》って奥へと差し込まれていた指先が、彼方を熱く乱れさせた。

あの長い指が、自分の身体の中を触れている。

そう思っただけで、身体中がとろとろととけ出しそうなほど感じた。

「…、あ……っ」

ぐりと中を指でくじられた瞬間、息を止める。つま先から走り抜けていくびりびりとした感覚に、彼方は背をしならせた。

「あ……ゃ…っ、あ、あ…、…は……ん…、…っ…あ…あ、あ」

わざとなのか、寒河江は彼方がたった今震えたばかりのところを、何度も繰り返し指先でなぞってくる。そのたびに、自分でも驚くほど淫らな声が出た。

口に含まされている寒河江の指先へ歯を立てぬよう堪えていると、嫌でも甘く掠れた声があとからあとから零れ落ちてしまう。

「ん……っ」

強すぎる快楽は、苦痛に近いものがある。

彼方が覚えたての快感を長く楽しむには、なにぶんまだ経験が足りなさすぎて、堪えきれずに新たな雫を目尻から溢れさせると、男が自分の上で静かに笑った気がした。

「お前な、ちょっと涙腺が緩すぎるんじゃないか?」

耳元で囁かれる声にまでどうしようもなく感じてしまって、腰をくねらせる。今の彼方にとっては、寒河江がくれるなにもかもが強烈な刺激にしかならなかった。

だが寒河江の手に導かれるまま果てたとき、再び大きくしゃくり出してしまった彼方に、さすがの寒河江も狼狽《ろうばい》せずにはいられなかったらしい。

「……なんだか、俺が泣かせてるみたいじゃないか」

実際にはそのとおりだと思うのだが、『気持ちよくしてやって泣かれるなんて、どういうことだ』と、寒河江はどこか憮然《ぶぜん》とした顔で小さくぼやいていた。

「嫌なら…もうやめておくか?」

意地悪のつもりはないのだろうが、困った顔で尋ねられたことが悲しくて、必死で首を振って抱きつく。

「やだ…。や、です…」

そんな彼方を宥めるように、ぽんぽんと優しく頭の後ろを叩かれて、それにまたなぜか新たな涙が滲んで困ってしまった。

結局のところ、自分は寒河江が与えてくれるものなら、なんでも感情が高ぶって仕方ないらしい。それが快感でも痛みであっても。

「ん、……は…ぁ…」

寒河江が中の指を静かに引き抜くと、思わず唇からほっとした安堵のような、物足りなさを責めているかのような甘い溜め息が漏れてしまった。

それに寒河江の目が、わずかに細められる。

欲望を滲ませたその瞳に、ゾクリと背筋が粟だつのを感じた。

「……つらかったら言えよ」

「え…？　……ぁっ！」

ぼんやりと寒河江を見上げていた彼方の腰を引き寄せられる。同時に、ひどく熱いものが腰の奥深くに入り込んできた。

衝撃に、身体が強ばる。再びきつく唇を閉じると、寒河江は指でそこをこじ開けるように人差し指を咥《くわ》えさせてきた。

彼方が落ちつくまで待ってくれるつもりなのか、ピタリと身体を合わせたまま動きもせず、額や瞼に何度もキスをあちこちに降らせてくれている男の優しさが、嬉しかった。

やがて、彼方はそろそろと両目を開いた。

瞬間、初めて会ったときに交わした視線が、フラッシュバックする。

初夏の風のように澄んだ瞳。意志の強さが表れたそれに、一目で恋をした。

込み上げてくる情動に逆らわずに彼方からキスをねだると、寒河江はそれに応えるように、激しく唇を合わせてきた。

触れる舌の熱さを確かめたくて、自分から唇を開く。入り込んできた舌の動きに翻弄さ

れ、揺すられる身体が自然と快感を求めていく。

「あっ、あ……、寒河江…先輩…っ！」

腰の動きに身悶《みもだ》えながらも、彼方は必死に寒河江にしがみ付いた。

そのたび、強く身体を抱きしめ返してくれる腕を、今まで以上に愛しく感じた。

「…先輩…っ」

「崇行、だ。ベッドの中でくらい名前で呼べ」

耳元で囁かれる言葉に首を竦めると、喉元を強く吸い上げられた。

「……あぁっ…、ん…っ」

揺する腰に合わせて欲望に手を添えられると、深く入り込んだ部分を強く締めつけてしまう。

「……っ」

自分の上で寒河江が低く息を詰める様子が壮絶《そうぜつ》に色っぽく、それだけで目元からは新たな涙が溢れた。

それを舌先で舐めとられて、ぶるりと背筋に甘い痺《しび》れが走り抜けていく。

「……あ、…っ、…ぁっ！」

感じてたまらないところを小刻みに穿《うが》たれ、彼方は激しく身悶えると、小さな悲鳴を上げながら寒河江の腕の中で果てた。

「……っ」

最奥で熱いものがぶわっと広がって、寒河江も中で果てたのを感じる。

最後に寒河江が耳元でその名を呼んでくれたことは、彼方の中に大きな喜びをもたらした。

滲んだ視界の向こう側を見たくて、必死に目を凝らす。

……あ…。

「あんまり泣くと、目が腫《は》れて開かなくなるぞ」

呆れたように呟きながらも、寒河江はどこか満足そうな顔で笑っていて、それに彼方は声もなく目を奪われた。

それは初めて会った日に見惚れた、あの日の光景と同じくらい美しかった。


「平気か？」

寒河江の声にうっすらと目を開けた彼方は、陶然《とうぜん》とした表情のままコクリと頷いた。

その目はやはり赤く腫れて、腫れぼったくなってしまっている。

さすがに初心者に無理をさせすぎたかと、寒河江は苦笑を飲み込んだ。

……なんだか、彼方の泣き顔ばかりを自分は見ている気がする。

四月の春先、あの桜の木の下で初めて会ったあのときも。

頬を伝わり落ちていった綺麗な涙に、らしくもなく動揺して、かなり邪険《じゃけん》にあしらってしまった。思えばあのときからすでに、この小さく健気な存在に自分は心奪われていたのかもしれなかった。

だからこそ彼方をなるべく無視したのだ。自分が見ず知らずの同性に一目惚れするなんて、あるわけないと思っていた。

そのくせ彼方が他の人間へ見せる笑顔が気にいらず、必要以上につらくあたってばかりいた。

『泣くな』と言いつつ、自分の一言にいちいち一喜一憂する彼方の姿を見るたび、ほっとしていたのだ。

自分の一言で動揺する姿がいっそ心地がよかったなどと素直に白状すれば、きっとまた山本は『だからお前は人非人だと言うんだ！』と叫ぶのだろうが。

だいたいこれほど素直で可憐《かれん》な存在に、ここまでまっすぐ慕われて、落ちないわけがないのだ。……悔しいことに。

それを認めたくなくて、じたばたと無駄な足掻《あが》きを繰り返しているうちに、あんな男につけ込ませる隙を与えてしまった自分が愚かしい。

――――これに触れてもいいのは自分だけだ。もう他の誰にも許さない。

今まで感じたことがないほどの強い独占欲が胸に溢れて、寒河江はさらにきつく彼方を抱きしめた。

すっぽりと腕の中に収まってしまう細身の身体に、今さらながらに目眩を覚える。

よくもまぁこれまで二人きりの時間を過ごしながら、手を出さずにいられたものだ。自分の頑固さには、我ながら呆れてしまう。

「彼方…」

その名を声にしてみると、愛しさは自然なほど寒河江の中で大きな形になった。

彼方の濡れた瞳は、噛みしめすぎて赤くなった唇とともに憐憫《れんびん》を誘う。なのにその泣き顔にひどく煽られた自分がいるのも、また事実だった。

そのため彼方が震えて感じるところは、ついしつこく攻めたてすぎた気がする。

自分にサド気質があるとは思わなかったが、彼方から拒絶の言葉は全く出てこなかったし、この際、好きなようにさせてもらった。

明日の朝、泣き腫らした彼方の目を見た山本からは、容赦なく『貴様《きさま》は鬼か！』と罵《ののし》られるのは目に見えていたが、今さら気にしたところで始まらないだろう。

暖かな気持ちのまま微笑むと、なぜか彼方は少しだけ眩しげに目を細めた。

その表情に性懲りもなく欲望が再びもたげそうになって、困ってしまう。

「そうだ。喉が渇《かわ》いてないか？　風呂にいれてやりたいところだが、その様子じゃ動くのもつらいだろうから今は拭くだけにしておくか」

寒河江はいそいそと上機嫌なまま、備え付けの冷蔵庫からペットボトルを取り出すと、グラスに水を注いで彼方へと差し出した。

それを受け取りながら、彼方はゆっくりと起き上がる。

「あの……いろいろと……本当にありがとうございました。俺、もう部屋に戻ります」

だが次の瞬間、そう呟いた彼方に、寒河江はそれまで緩みっぱなしだった口元をピクリと引きつらせた。

「は？」

――いきなりなにを言い出すのか、こいつは。

たった今、初めての愛の営《いとな》みを終えたばかりだというのに、その余韻もろくに味わわぬうちから帰るとはなにごとか。

本気で言っているのかと疑いながらその顔をまじまじと見つめたが、彼方は寒河江の不機嫌の理由などまるで分かっていない様子で、困惑したようにこちらを見上げている。

「戻るって……いったいどうする気だ？　ろくに立てもしないくせに」

「少し落ちつけばなんとかなると思いますし。それに……これ以上ここにいたら、寒河江先輩にも迷惑ばかりかけてしまうので…」

恐縮したように首を竦めた彼方に、寒河江は『ああ』とようやく納得した。

どうやら彼方は自分が動けずにいるせいで、寒河江にいろいろと面倒見させてしまっているることをひどく気にしているらしい。

そういう奥ゆかしさが彼の可愛いところでもあるのだが、こんなときぐらいは反対に甘えてもらわなければ、男として立つ瀬がなかった。

第一、自分は好きで彼方の世話を焼いているのだ。

その楽しみを、彼方自身にも奪わせるつもりはない。

「別にたいしたことはしてないんだし、そんなこと気にするな。どうせここは俺が個室で使っているものだし、誰に気兼ねする必要もない」

だからといって素直に『もっと自分の傍にいろ』などと言い出すことなどできない寒河江は、別に迷惑ではないという理由を元に、ここにとどまることを主張した。

だいたい立てない原因を作ったのは、寒河江なのだ。

少しぐらい世話を焼かれたところで堂々としていればいいのに、彼方の中にはそうした責任転嫁《てんか》の気持ちはないらしい。

「でも…」

なにを迷っているのか、口元をきゅっと引き結んだ彼方の瞳が揺れている。

寒河江はベッドの脇に腰を下ろすと、その瞳を覗き込むようにして口を開いた。

「だいたい俺に迷惑がかかるとか、そういう発想も捨てろ。俺は自分の好きな相手には、なんの掛け値なしに優しくするつもりだ。恋人にはなんの見返りも求めたくないし、惜しみなく全てを捧げてやりたいからな」

だからこそ、彼方は堂々とそれに甘えていればいいのだという気持ちを込めて、寒河江はきっぱりとそう言いきった。

もともと寒河江はこうした甘い言葉を口にするのは、かなり苦手としている。

それでも彼方には、なぜか言ってやりたかった。そうしてできればその喜ぶ顔を見たいなどと、腑抜《ふぬ》けたことまで思ってしまうのだから、自分でも恐ろしい変化だとそう思う。

本当に愛しいと感じる相手には、人は不思議と心が広くなるものらしい。

しかし寒河江の精一杯の告白に、彼方は喜ぶどころかきょとんと目を見開いただけだった。

そうしてどこか寂しそうな、困ったような複雑な表情を、その顔に浮かべる。

「いいですね、寒河江先輩の恋人になれる人って。……寒河江先輩みたいなすごい人に、そこまで言ってもらえるなんて、すごく羨ましいです」

一瞬、目の前が暗くなった。

「…………お前。まさかそれ、本気で言ってるんじゃないだろうな?」

「え?」

人がせっかく、一生に一度あるかないかの告白をしたというのに、どうやら当の本人はこれっぽっちも理解していなかったらしい。

なにか自分はまた変なことを言ってしまっただろうか？　と、慌てている彼方の真剣な表情を見て、眺めた寒河江は、『本気なんだな…』と一言だけ呟くと、両手で頭を抱え込んだ。

「お前…。お前は…っ」

人の恋人が羨ましいって、それはお前自身のことだろうが！

そうツッコミを入れてやりたいのは山々だったが、確かに振り返ってみれば、寒河江にも彼方ばかりを責められない理由は多くある。

先ほどなし崩しに行為に及んでしまったことは別にしても、これまでの彼方に対する寒河江の態度は、自慢ではないがとても誉められたものではなかった。それどころか、彼方からの必死の告白を、『くだらない』と罵ったことさえあったのだ。

彼方が自分をまだ好いてくれているらしいことは、先ほどの行為から見ても疑う余地はないのだが、自分が彼方を同じような意味で想っているのだということを、この目の前の人物はどうやら知らないでいるらしい。

こんなことで腹を立てるのはお門違《かどちが》いだし、やつあたりも甚だしいというのも分かっている。

だが、しかし、さすがの寒河江もさっきの今で、そんな言葉が返ってくるとは思ってもいなかった。

思わず乾いた笑いが、口から零れ落ちる。

――だいたい、なんて言えばいいんだ。この俺が。

自慢ではないが、これまで女性相手に苦労したことはないし、相手を口説いたりしなくとも、にっこり笑うとたいてい向こうから寄ってきてくれていたため、まさかこんなことで頭を悩ませる日が来るなんて思ってもみなかった。

『あなたのことが好きです』と、あの日泣きながら大事な言葉をくれた彼方。

――もう一度、あのときと同じ言葉を彼方がくれたなら、今度は違う言葉を返せるのだが。

それを望んでしまうのは、やはり身勝手すぎるだろうか?

急に難しい顔で黙り込んでしまった寒河江の前で、彼方が不安げな様子でその唇を噛んでいる。どうやらそれが彼方のくせらしい。

「バカだな。傷を付けるなと言っただろう」

苦笑しながら、この場はともかく誤魔化してしまおうと寒河江が唇を寄せると、近付く気配に彼方は慌てて目を閉じた。

その素直な反応を目にして、寒河江はここは自分が腹を括《くく》るしかないようだと、ようやく悟った。

彼方はいつもありのままでいてくれる。寒河江の前で『好きです』と告げたあの日のように、いつも飾らず、まっすぐな気持ちだけを持って寒河江の前に立っていた。

こんな風に寒河江が答えをうやむやにしたまま、彼方の恋心につけ込んだとしても、きっとそれすら笑って受け入れるのだろう。

その強くて慎ましやかな一途《いちず》さに、なんだか『負けたな』と苦く笑う。

ここはもう手のうちを晒して、こちらから恋人になってもらうよう頼み込むのが、筋というものだろう。

このキス一つで、全てをうやむやにしてしまう前に。

「彼方…。ええと、あの…な?」

寒河江は寄せた唇をその綺麗な耳元へとずらすと、観念したようにそっと唇を開いた。

告白

～キスをしたあとで～

背後からふいに伸びてきた腕が、藍色の背表紙をすっと引き抜いた。

長くて綺麗《きれい》な指先。そのつるりとした形のいい爪から、目が離せなくなる。

「これでいいのか？」

差し出された本を目にしたとき、彼方《かなた》はシャボン玉がぱちんと割れたみたいに、はっと我に返った。

「…え？」

「この本が取りたかったんじゃないのか？」

「あ…、はいっ。そうです。ありがとうございます」

慌《あわ》てて頭を下げると、頭上から苦笑を含んだ小さな笑い声が降ってくる。

それにかっと頬《ほお》が熱く染《そ》まる。

取ってもらった本のことよりも、その指先に思わず見惚《みと》れていたことがばれていたのかもしれない。

それを気恥ずかしく思いながらも、どうせ今さらかとこっそり胸の内で開きなおると、彼方は差し出された本を受け取るため手を伸ばした。

寒河江《さがえ》の肌にかすめた瞬間に、指先がピクリと跳《は》ねる。

好きな人に触れるときは、いつも少しだけ緊張してしまう。

「あ、あのっ…。これって、この間借りた本の続きですよね？」

その緊張を誤魔化《ごまか》すように慌てて口を開くと、寒河江は『ああ』と頷《うなず》いた。

「気にいったのか？」

「はい。専門用語とかはちょっと難しいんですけど、でも女性の検屍官《けんしかん》と杖《つえ》の探偵《たんてい》がすっごいかっこよくて。……またこれも、借りていいですか？」

「別にいちいち断らなくてもいい。第一そのために来たんだろ」

「ええーと…。それは、そう…なんですけど」

まさか本を借りに来るのは口実で、本当はただ寒河江に会いたくて彼の部屋を訪ねてきているのだとは言えなかった。

とはいえそんなことぐらい、目の前の人物にはもうとっくに知られているような気もしたが。

「いつも借りてばかりですみません」

「別に。これが趣味みたいなものだからな」

かなりの読書家である寒河江が、歴史物やミステリー小説のファンだと知ったのはつい最近の話だ。彼方が現在借りて読んでいるのも、とある海外物のシリーズだった。

ちょっとへそまがりな女性検屍官と、彼女を助ける足の不自由な探偵との掛け合いがコメディみたいに面白く、なのに事件は複雑に謎《なぞ》が絡《から》み合っていて、読んでいてハラハラしてしまう。

これまで海外作品といえば、名前の長さやクセのある文体が少し苦手で手にしたことがあまりなかった彼方でも、あっという間にその世界観に引き込まれた。

おかげでここのところずっと寝不足の日々が続いている。

一昨日《おととい》借りた二冊目もあっという間に読み終わってしまい、今寒河江に取ってもらったのはシリーズの三冊目だった。

「そういえばお前、最近よく本を借りに来てるけどちゃんと勉強もしてるのか？　来月から中間テストだろう？」

ふと思い出したように痛いところを突《つ》かれて、彼方は視線をうろつかせた。

「一応…は、してます。……けど」

「けど？」

「その……英語と古文が、ちょっと苦手で…」

夏休み明けのテストでは赤点こそ免《まぬが》れたものの、決して胸を張れるような出来ではなかった。理数系はそれなりにいいのだが、昔から英語や古文といった文系になると、からきしなのだ。

実家にいた頃は、試験前となると出来のいい兄たちがまるで家庭教師のようにぴったり貼《は》り付いて苦手分野を教えてくれていたが、寮生活の今ではそれも望めない。

長兄の立佳《はるか》が隣街で一人暮らしをしているが、会いに行くにしてもバスと私鉄の乗り換えが必要で、結構な時間がかかってしまう。

それになによりも、自分には甘い兄たちから自立しようと決めて、家を出てきたのだ。こんなことでいちいち頼っていたのでは意味がなかった。

「一年のうちは、英語は構文と例題さえ覚えておけばほとんどいけるはずだから。あとは毎日単語をやるように。古文のほうもな」

「はい」

「それから…その本の続きは、これとこれ。ついでに持っていくといい。途中の巻は同じクラスのやつが持ってってるから、また返ってきたらまわしてやるよ」

言いながら寒河江はシリーズの4作目と5作目もひょいと本棚からとり上げると、彼方に向かって手渡してきた。

それを脊髄反射《せきずいはんしゃ》のように受け取ってから、『あ…』と思う。

――受け取ってしまった。

「…ありがとう、ございます…」

本を貸してもらえるのは素直に嬉しい。

だがこれで寒河江に会いに来る口実が二回分、失われてしまったことになる。それに気付いて彼方は静かに落ち込んだ。

……やっぱり、ちょっと迷惑だったのかな。

このところ、彼方は就寝前《しゅうしん》のわずかな時間に寒河江の部屋を訪ねては、本を借りるようにしていた。

寒河江からはいつ訪ねてきてくれても構わないと言われてはいたものの、寮長の彼は寮生たちの相談にのったり、就寝前には各部屋の点呼《てんこ》に回ったりと、とかく忙しい身なのだ。

本を借りるついでに二人きりで会話できることが嬉しくて、貸りた本を高速で読み終えては次を借りに来ていたのだが、遠回しに『いくらなんでも、そうしょっちゅう来るな』と釘《くぎ》を刺されたような気分で、彼方はしゅんと落ち込んだ。

「お前…、本当に分かりやすいな」

だがそんな彼方の前で、なぜか笑いを噛み殺すみたいに口元へ手を当てた寒河江は、見ているこちらがどきっとするような表情で目を細めた。

それにどぎまぎしながらも、呟《つぶや》かれた言葉の意味が分からずに首を傾《かし》げる。

「…先輩？」

「一つ、言っておくけどな」

「はい？」

「そうやって、他の奴らの前でむやみやたらと首を傾げたりするなよ」

どうしてですか？　と尋ねることはできなかった。

黒い瞳が音もなく近付いてきて、目の前を塞《ふさ》ぐのが見えたから。

重なってきた影に、慌ててぎゅっと目を閉じる。

そっと羽のように合わせられた唇は、かすかにミントの香りがした。

触れたときと同じさりげなさで寒河江はすっと離れていったが、痺《しび》れるような甘い感触が今もそこに残っている気がして、彼方はじんじんする唇を手の甲でそっと押さえた。

これが初めてのキスというわけでもないのに、寒河江からキスをもらうたび、彼方の心臓は爆発したみたいに苦しくなる。

ささやかなキス一つでこれなのだ。

もしも今、あの夜のように彼に触れられたら、自分は息が止まってしまうかもしれない。

とは言え、あれ以来、キス以上のことをされた試しはまだ一度もなかったが。

耳まで真っ赤に染めたまま寒河江をちらりと見上げると、寒河江はなぜか面白そうな目で、ふっと微笑《ほほえ》んだ。

瞬間、頭の奥がチカチカと瞬《またた》くみたいに眩《まぶ》しくなって、そこから目が離せなくなる。

普段の寒河江はどちらかというとポーカーフェイスで、あまり表情を崩さない。

そのためふいに優しく微笑まれたりすると、どうしようもなく胸が騒《さわ》いで仕方なくなるのだ。

――――この人と自分が付き合っているだなんて、なんだかまだ夢を見てるみたいだ…。

二週間ほど前の晩、彼方はある人物から襲《おそ》われかけた。

激しくショックを受け、茫然《ぼうぜん》自失状態だった自分を救い出してくれたのは寒河江だった。震えが止まらない彼方に同情してくれたのか、寒河江は傷付いた身体《からだ》を強く抱きしめ、肌を合わせることまでしてくれた。

寒河江が傷付いた自分を慰《なぐさ》めるために抱いてくれたのだというのは分かっていたが、それでも好きな人に触れられたことは嬉しかったし、優しい手になんだか泣けてきて困ってしまった。

でも……それだけだ。

自分はずっと寒河江に恋心を抱いていたが、彼がそれに応《こた》えるつもりがないことを知っていたし、一度きっぱりとふられてもいる。

それに自分が襲われかけてみて初めて、彼方は気持ちのない相手からいくら想われても、ただ苦痛にしかならないこともあるのだということを、身をもって思い知らされていた。

だからこそ、期待はしない。

そう心に決めて、そそくさと部屋を去ろうとした彼方を、寒河江はなぜか強く腕を摑《つか》んで引き留めると、ひどく言いにくそうにしながらも『よければ…、その。俺と付き合ってみるか?』と尋ねてきた。

はじめはその言葉の意味が分からず、唇を開いたままただぽかんと彼の顔を見上げていたが、どこか困ったような、妙にむすっとした寒河江の表情を眺《なが》めているうちに、それが酔狂《すいきょう》や冗談じゃないのだということを理解した。

そして理解した途端、目の奥からどっと熱いものが込み上げてきて止まらなくなっていた。

ぽろぽろと溢《あふ》れてくるものを手の甲で必死に擦《こす》りながら、繰り返し頷くしかできない彼方を、寒河江はどこか困った様子で眺めながらも、それでも落ち着くまでずっと優しく背中を叩《たた》いてくれていた。

あの日から、彼方は寒河江と恋人として付き合えることになったわけだが、彼方はいまだにその実感がわかないでいる。

なにしろそれまでの自分は、どちらかというと彼から疎《うと》まれていたのだ。

寒河江が、どうして急に自分と付き合ってみようなどという気になったのかは、分からない。

もしかしたら、いつまでも不毛な片想いを続けている彼方にほだされてくれたのかもしれないし、襲われかけて傷付いた自分を見て放ってはおけないと、同情してくれたのかもしれない。クールで冷たいようでいて、実は寒河江がかなり身内には優しく面倒見のいい男だというのも、知っている。

だが理由はどうあれ、『付き合ってみるか?』と言ってくれた彼の気持ちは嬉しかったし、彼と恋人になれるなんてまるで夢みたいな話だった。

たとえば、同情から始まった恋でもいい。

きっかけはなんであれ、これからちゃんとそれを育てていければいいのだから。

……それに、時間ならたくさんあるんだし。

いつか寒河江が自分が彼を想っているのと同じような気持ちで、自分のことをちょっとでも好きになってくれたら、こんなに嬉しいことはないと思っている。

そのためにも、これまで以上に彼に近づきたい。寒河江のオススメの本を読んでみようと思ったのも、その一歩だった。

「あの…じゃあそろそろ俺、自分の部屋に戻りますね。本、ありがとうございました」

まだ未練はあったが、彼のわずかな自由時間を自分一人が奪《うば》ってしまうわけにはいかないだろう。

キスの余韻も冷《さ》めやらぬまま慌てて頭を下げると、寒河江はなにか言いたげにひょいと眉《まゆ》を上げた。

「彼方。お前な…」

「はい？」

だが呼ばれてきょとんと首を傾げた彼方に、寒河江は切れ長の目を細めただけで、結局はなにも言わなかった。

「いや、いい。また明日な」

「え？　あの…でも、明日だと…ちょっと無理だと思うんですけど…」

「どうしてだ？　なにか先約でもあるのか？」

「いいえ。ただ俺、そんなに本を読むの早くないですし、三冊もあるとさすがに…」

寒河江のほうから誘ってもらえたことは嬉しい。

だがたとえ徹夜で頑張《がんば》ってみたところで、こんなに分厚《ぶあつ》い文庫を一晩では三冊は読めないことを申し訳なさそうに説明すると、寒河江はなぜか苦い顔で再び息を吐いた。

「お前…、まさか本を借りる以外にはここに用がないとか言うんじゃないだろうな…」

低くぼやく声がよく聞き取れず、『なんですか？』と問い返してみたのだが、寒河江はわずかに首を振っただけだった。

「いいから、明日はリーダーのテキストとノートを持ってこい。それならいいだろ。分からないところは見てやるから」

思いもかけない提案をされて、彼方はしばらくぼうっとその顔を見返していたが、やがてふわっと唇をほころばせた。

じわじわとした喜びが、胸に溢れていく。

――この人が好きだと、ただそれだけを強く想って恋に落ちた日から、早数カ月。

まさかこんな風に幸せな気持ちが持てるようになるなんて、夢にも思っていなかった。

「はい！　よろしくお願いします！」

もう一度ぺこりと勢いよく頭を下げながら、彼方は今の幸せを改めて噛みしめていた。

「あ。ツートップ発見」

友人の声に彼方はどきっとして、食べかけのサンドイッチから顔を上げた。

昼どきの食堂は、むせ返るほどの男子高校生たちで溢れていたが、目的の人物はすぐに見つかった。

妙に華やかな雰囲気を持つ生徒会長の中園《なかぞの》と、そのブレーン的役割を担《にな》う、副会長の寒河江。

近隣の女子高校生たちの間でも人気を二分していると噂《うわさ》される二人が、珍しく連れ立ってやってきたからなのか、一瞬、ざわりと食堂内がざわめく。

——やっぱりかっこいいなぁ。

二人とも目立つのだが、恋する欲目からか、彼方の視界はやはり寒河江を中心に捕らえてしまう。

すっと伸びた綺麗な背筋。細いフレームの眼鏡《めがね》がよく似合うその横顔は凛《りん》としていて、見る者に隙《すき》のない印象を与えるが、ときどき零《こぼ》してくれる笑顔がすごく魅力的なことを知

っている。

昨夜も勉強を教えてもらいがてら部屋へ訪ねていったとき、こっそりと見せてもらったそれを思い出した彼方は、そのとき寒河江の隣にいた中園がこちらを見つめてにっこりと微笑んだのに気が付いた。

中園は軽く手を振ったあと、隣にいた寒河江の肩に手を当てると、その耳元に顔を寄せるようにしてなにやら囁《ささや》く。

瞬間、なぜか周囲に再びどよめきが走った。

中園に指さされてこちらを振り向いた寒河江は、彼方とばちっと目が合うと、めんどくさそうな顔を見せながらも、こちらに向かって軽く手を上げてくれた。

途端に頬がかっと赤くなる。

――い、今のって、俺に…かな?

勘違いだったらどうしようかと、慌ててきょろきょろとあたりを見回してみたが、周囲には他に寒河江の知り合いらしき人物はいない。

ならあれはやはり自分に向けてなのだろうと思いなおし、彼方も急いで手を上げかけたが、そのときにはすでに寒河江は中園とともに奥のテーブルへと移動してしまっていた。

「すげーな…」

そのやりとりを見ていたらしい友人の一人が、なにやら感心したようにぽつりと呟く。

「なにが？」

「水谷《みずたに》、すっかり生徒会のメンツに溶け込んでんじゃん。お前が生徒会入りしたって聞いたときは、『あのとろくさい水谷が？』って俺らもかなり驚いたけど、今じゃツートップから手を振ってもらえるほどの仲にまでなってるとはな。やっぱりアレか？　もしかして、お前次の生徒会役員の候補とかになってんの？」

興味津々《しんしん》といった様子で尋ねてくる友人が、なにやらとんでもない誤解をしているらしいと知って首を振る。

「違うよ。俺は文化祭での臨時《りんじ》要員っていうか…、忙しい役員たちの代わりにコピーとかお茶くみとか、ただの雑用係を引き受けてただけだから。次期生徒会役員なんて、恐れ多くて考えたこともないよ」

「そうかー？　それにしたって、あの寮長様が一年相手に手を振るなんて、聞いたこともねぇぞ。お前それだけ期待されてるってことじゃないの？　最近、寮でも部屋に遊びに行ったりしてるって聞くし、仲いいんだろ？」

「そ、それは…その。寒河江先輩の部屋にはいろいろな本があって、貸してもらったりしてるし…。今は、勉強で分からないところとかも、教えてもらってるから…」

友人が知るわけもないと思いつつも、その部屋の中でときどき交わされるキスのことまで思い出してしまい、彼方は耳の裏まで真っ赤になった。

「それにしたってさぁ…。あの人って誰にでもそんな風に気軽に部屋に呼んだりとかする人じゃないだろ。それ以前に、俺ならとてもじゃないけど寮長室なんて怖くて出入りすらできないね。お前のその物怖《ものお》じしないところが、あの鬼…いや寮長や会長にも気にいられてる原因の一つなんだろうけどなぁ」

言いながら友人はしきりにうんうんと頷いていたが、彼方はそれにはなにも答えられず、赤い顔を悟《さと》られないよう俯《うつむ》いたままサンドイッチにぱくりと食いついた。

――そうか。自分は寒河江から特別に親しくしてもらっていると思われているのか。

もしそうなら素直に嬉しかった。

以前なら傍《そば》にいることさえもかなわなかった相手との距離が、本当にだんだん縮まってきていることを改めて教えてもらったような気がして、照《て》れくさくなる。

最近では寒河江の言葉に甘えて、本を借りるだけでなく、苦手分野の勉強も見てもらえるようにもなり、夜寝る前に彼の部屋を訪ねる時間は確実に増えていた。

まるで奇跡のような日々に、ふわふわとした気分が続いて地に足がつかないでいる。

本当にあのとき思いきって、文化祭実行委員の手伝いに顔を出してよかった。そのきっかけを作ってくれた坂田《さかた》には、感謝してもしきれないほどだ。

「なぁなぁ。それで、実際のところってどうなんだよ?」

幸せな日々にうっとりと浸《ひた》っていると、それまでラーメンとチャーハンをかき込んでいた友人の一人が、思い出したように口を開いた。

「どうって……なにが？」

「もちろんあのツートップのことに決まってるだろ。水谷は生徒会室とかによく出入りしてんだし、実際見てて分かんねぇ？　あそこって、やっぱり噂どおりなわけ？」

「噂…？　噂ってなんのこと？」

清廉潔白《せいれんけっぱく》を地でいくようなあの寒河江に、一体なんの噂があるというのか。

だが友人はそんな彼方に『あれ？　お前、まだ見てないか？』と呟くと、胸ポケットの中に小さく折りたたまれていた紙を、こそこそした様子で差し出してきた。

「コレだよ」

「……それって、もしかして…裏新聞？」

つられて彼方も声が小さくなったのには、訳がある。

裏新聞とは、新聞部が毎月生徒や保護者向けに発行している鷹《たか》ノ峰《みね》新聞とは全く別物の、ガリ版刷りのことである。

鷹ノ峰新聞が校内行事や各部の活躍をまとめた正当派だとしたら、裏新聞は生徒や教員たちのゴシップを中心とした、いわゆる娯楽《ごらく》的要素が強い記事で、こちらは一部百円という金額で販売されていた。

代々、新聞部のうちの誰かがこっそりと作っているらしいとの憶測だけは飛んでいるものの、よほど秘密裏に事を運んでいるのか、いまだ尻尾を掴まれた者はいないという。

その記事内容はもちろんのこと、百円といえども生徒相手に商売をしていることから、裏新聞の存在を快《こころよ》く思わぬ教師は多い。

そのため、もしそれを持っているのが見つかったときは、即時没収の上ペナルティまでつくとあって、おおっぴらに買い求める生徒はそう多くはなかった。

そのため彼方が実際に現物を見たのも、過去に一度きりだ。

生徒の間でハゲタカと呼ばれ忌み嫌われている教頭の『あの妙にふさふさとした頭はヅラなのか否か』を検証するというもので、強風の日に必死で頭部を押さえて歩いている教頭の写真が、記事とともに掲載されていた。

この号は、ここ数年の中では記録に残るほど爆発的に売れたらしく、彼方もクラスメイトが手にしていた記事をこっそり見せてもらったことがある。

そんないわくありげな代物《しろもの》を、なぜ目の前の友人が手にしているのかが分からず首を傾げると、友人は『ああ、もう』と焦《じ》れたように、頭を掻いた。

「これだよ、これ。前から噂はあったけどさ、本当にこれって事実なのか?」

トンと彼が指さしたのは、トップを飾っている記事とある人物の写真だった。

詳しく読もうとして身を乗り出したとき、さっと目の前からそれが抜き取られてしまう。

「バーカ。お前な、こんなところで変なもんを広げてんじゃねーよ。お前が勝手に見つかって怒られる分にはいいけどな。俺たちまで巻き添えをくわせんな」

そう言って取り上げた新聞をぐしゃりと片手で丸めたのは、坂田だ。

坂田はそれまで並んでいた定食待ちの長い列からようやく解放されたらしく、片手には本日のメイン定食がのった盆を持っている。

「坂田。お前、俺の戦利品になんてことを…っ」

「うるせぇ」

手に入れたばかりの新聞をもみくちゃにされたと怒る友人を一声で黙らせると、坂田はそれを無造作に制服のポケットに入れ、ドカッと彼方の前に腰を下ろした。

音を立てて机に置かれた人気の日替わり定食に、友人たちの視線がざっと集まる。

「う、本日のA定はからあげか。くっそ…。なら俺も我慢して並ぶべきだった」

「おお。今からでも行って並んでこい。あの列の最後尾に並んだところで、手に入るかどうかは謎だけどな」

坂田が顎《あご》をくいと向けた先には、先ほどよりもさらに長い列ができている。

その列を目にしてしまえば、席を立つ猛者《もうじゃ》は誰もいなかった。

「…うう。頼む。一コでいいから恵んでくれ」

「誰がやるかよ」

横から伸びてくる友人たちの手を、ぱしぱしと自分の箸《はし》で迎え撃ちながら、坂田は『いただきます』と定食をかき込み始めた。

　左腕でお盆をかばいつつ、器用にぱくぱくと食事をかき込んでいくその様子を、あっけにとられて眺めているうちに、坂田が『なんだ？』とこちらを見上げてくる。

「彼方。お前もう食わないのか？」

「え？　う、ううん。食べるよ。えっと……あのさ、さっきの新聞のことなんだけど…」

　一瞬だったが、ちらりと垣間《かいま》見た写真が気になって口を開くと、坂田ははっきりそれと分かるくらいに眉をひそめた。

「おい。お前までくだらない噂話になんか首つっ込むなよ。あんなもの持ってるところを生活指導の田崎《たざき》にでも見つかったら、校庭三十周の上、罰掃除《ばつそうじ》が待ってんだぞ」

「それは、分かってるけど…」

「なら、いいからとっとと食え。これやるから」

　言いながら、坂田は目の前の皿からきつね色をしたからあげを一つ箸でぶすっと突き刺し、それを彼方に差し出してきた。

「え？」

「おおい。ちょっと、それずるくねーか？　なんで彼方にだけはわけてやってんだよ」

「そうだそうだ。お前、俺たちには一つもくれなかったくせに！」

　途端に周囲からブーイングがわき起こる。

「い、いいよ。坂田…」

「これは幼馴染《おさななじ》み特権ってことで、気にすんな。いいから彼方はとっととメシを食えって。パンとかばっかり食ってるから、お前はでかくなれないんだよ」

「俺は別に、普通サイズだと思うけど…。これからもまだ伸びるだろうし」

友人たちよりやや低めであることは否《いな》めないが、それでも高校一年という成長過程の途中であることを考慮すれば、それほどチビというわけではないと思う。

だが坂田はそんな彼方の主張をふふんと鼻で笑い飛ばした。

「甘いな。お前の兄ちゃんズを見ても、まだそんな風に言えるのか？」

「兄ちゃんたちは関係ないだろ…」

「そうか？　立佳さんなんか、中学の頃からすでに百八十近かったよな？　おかげで中学も高校もせっかく同じ学校に通っていながら、制服もジャージも新調しないと兄ちゃんたちのお古が一つも使えそうにないわって、おばさんよく零してんだろ」

「な、なんでそんなことまで、坂田が知ってるんだよ」

「うちの母ちゃんとお前のおばさんの仲のよさは、お前も知ってるだろうが」

家の内情まで知られている幼馴染みを持つのは、こういうとき分《ぶ》が悪い。

特に体格も成績も自分とは違って立派すぎる兄たちを引き合いに出されると、なにも言い返せなかった。

仕方なく、目の前に差し出されていたからあげに、半《なか》ばヤケのように食らいつく。

日替わり定食の中でも特に人気が高いそれは、さっくりとした衣も、ジューシーな肉汁も文句のつけようがないほどの出来映えで、彼方は一瞬、苛立ちも忘れて『あ、美味《おい》しい…』と素直に零した。

「そりゃよかったな」

にやっと笑ってこちらを見つめてくる友人の目が、妙に優しい。

思わずそれにつられたように、彼方も『…ありがと』と呟く。

そんなやりとりがあったためか、すっかり裏新聞から話題がそれてしまったことに彼方が気が付いたのは、その日の夜に寮のベッドに潜《もぐ》り込んでからだった。


放課後、寮の自室へと戻ってきた彼方は、きょろきょろとあたりを見回したあと、鞄《かばん》の中から折りたたまれた数枚の紙をそっと取り出した。

——寒河江先輩。すみません…。

心の中で謝ってから、こっそり開く。

手にしているのは、生徒会が頭を悩ませていると噂の裏新聞だ。さすがにこれを手に入れるのはかなり気が咎《とが》めたが、そこに書かれていた記事内容と写真を目にした途端、彼方はそれすら忘れて思わず息を飲んだ。

「…これって」

一面トップの写真には、二人の人物の後ろ姿が写し出されていた。

画像は粗《あら》いし、背後からのショットで顔ははっきりと見えないものの、右側の人物が左側の人物に、もたれるようにして身体を預けているのが分かる。左側の人物も、それを支えるみたいに、彼の背中にそっと腕を回していた。

背中へ回されたその腕一つとっても、二人の親密さが伝わってくるような、どこか意味深なツーショットだ。

だがなによりも彼方を驚かせたのは、その人物の背中が見慣れたものだったことだ。

――これって、やっぱり……寒河江先輩だよね？

友人が手にしていた裏新聞を目にしたときから、もしかしたらあれは寒河江だったのではないかと気になっていたのだ。どうしてもそれを確かめたくて、彼方は今日初めて問題の裏新聞なるものをこっそり自分で買い求めた。

その入手方法なら至って簡単である。

新聞部の部室の入り口に設置された『ご意見投書箱』という鍵《かぎ》のかかったポストへ、自分の学籍番号が書かれたメモと百円玉が入った封筒を入れておく。

すると次の日にはその人物の下駄箱や机の中に、最新記事の載った裏新聞がそっと届けられているというシステムだった。

「隣にいるのって……中園先輩？」

寒河江らしき人物に寄り添っている背中も、よく見知った人物のものに似ていた。

だがなによりも彼方を驚かせたのは、その下に書かれた記事だった。

『噂の大物カップル、再び熱愛発覚か!?』そんな煽《あお》りで始まった記事は、実名こそ伏せられているものの、『S氏』と『N氏』というイニシャルが添えられていた。

「ええっと……、中等部の頃から付き合っていたという噂の二人。高等部に入って別れたあとも常に仲はよく、なにかと注目を浴びてきたが……最近になって、再び親密な姿が頻《ひん》繁《ぱん》に目撃されており……。今回の文化祭を無事乗り越えたのをきっかけに、また焼けぼっくいに火がついたのではないかとの…声も…。だとしたら、再び大物カップル誕生……の…」

小さく読み上げていた声が震え出し、そのあとは声にならなかった。

「……嘘《うそ》…」

知らず知らずに否定の言葉が零れ落ちる。

全身からすっと血が下がった気がした。

ふらふらとしながら、よろけるようにトスン…とベッドへ腰掛けたが、それでも激しい目眩《めまい》は消えずに彼方は片手で顔を覆った。

――これ、どういう意味だろ…。

頭ではちゃんと分かっていても、その内容を認めるには勇気がいって、すとんと心の中にまでは入ってこない。

記事を鵜呑《うの》みにするなら、寒河江と中園はかつて恋人同士だったということになる。また二人は鷹ノ峰の中等部にいる間、ずっと同室だったらしい。

そのときふと昨日の、仲むつまじく食堂へやってきていた二人の姿が、脳裏に浮かび上がった。

これでようやく、昨日の食堂が妙に騒がしかったのにも納得がいった気がした。

寒河江の肩に手をかけるようにして、耳元でなにかを囁いていた中園。寒河江もそれを嫌がるわけでもなく、ただ面倒くさそうな顔をしてこちらを見て……。

二人の仲がよいことは、彼方も承知している。

寒河江が中園から頼み込まれて、現生徒会の副会長にしぶしぶ収まったというのは有名な話だ。寮長としての雑務だけでも大変なはずなのに、その上で生徒会まで指揮するのは並大抵のことではない。それでも彼は引き受けたのだ。

それにこれは彼方も生徒会に出入りするようになってから気付いたことだが、誰に対しても毅然《きぜん》とした態度をとる寒河江が、なぜか中園にだけは妙に甘いのも事実だった。

彼が生徒会をさぼってお茶していたり、寒河江まかせの進行でのほほんとしていても、仕方がないと溜《た》め息を吐《つ》くだけであまり文句も言わない。

それもこれも全てはこの記事どおり、二人が以前に恋人として付き合っていたからだとしたら…？

「やだ…な」

前髪をくしゃりと握りしめた指先が、なぜか震える。

……こんな話、全く知らなかった。

寒河江ほどの男ならば、過去に恋人の一人や二人いてもおかしくないと思ってはいたが、実際にその事実を目にすると、思っていた以上にショックは大きいものらしい。今も胸の動悸《どうき》が止まらなくなっている。

しかもその相手が中園だというなら、なおさらショックだった。

だが同時に激しく納得もしていた。

なにしろ二人が並んでいるだけで、ひどく絵になるツーショットだ。お互いに対等として見ている感じで、寒河江のあとをついて回るだけで精一杯の自分とは訳が違う。

記事では二人が再び親友という垣根《かきね》を乗り越え、また恋人として付き合い始めたのではないかという疑問で締めくくられていた。

「まさか……だよね…？」

なぜなら寒河江は、自分と付き合い始めたばかりなのだ。

たとえかつては中園と恋人同士だったのだとしても、今まさに平行して自分と二股をかけるような男だとは、とても思えなかった。

それに付き合い始めてからは、寒河江は毎晩のように自分と一緒にいてくれている。最近では勉強を教えてもらう時間も増えていたし、貸してもらった本についていろいろと話し合うこともあった。

ともかく忙しい寒河江が、唯一ゆっくりできる時間を自分と過ごしてくれている。それが彼方にとっては一番の幸せだったし、なにより中園と会っているような時間もないはずだった。

でも……考えてみれば、先日の坂田の様子はなんだか変だったな……。

なぜか必死に寒河江たちの話題から、話をそらそうとしていた気がする。

とことん鈍《にぶ》い自分とは違って、もしかしたら坂田はそうした噂などとっくに耳に入れていたのかもしれない。

だとしたら、この記事の信憑性《しんぴょうせい》はますます高まる。

それに寒河江と中園は、いつも生徒会役員として生徒会室に残っているのだし、寮以外で二人きりになろうと思えば、いくらでもその機会はあって……。

そこまで考えて、彼方はぷるぷると首を振った。

——そんなこと、考えたくない。

あの日、『付き合ってみるか？』と聞いてきてくれたのは、寒河江のほうからだ。

彼方がじっとその横顔を見つめていると、寒河江はなぜか困ったような顔で笑いながらも、羽のようなキスをしてくれることもある。

そんなとき、彼方は今すぐ裸足で逃げ出したくなるような羞恥《しゅうち》と、その身体に思いきりぎゅっとすがりつきたくなるような切なさを、同時に味わわされる。

だが結局のところ、泣きそうな顔をしたまま彼の上着をそっと摑むのが、今の彼方にできる精一杯だった。

これではまともに付き合っているとは言い難い状態なのかもしれなかったが、それでも寒河江の現在の恋人は、自分のはずなのだ。

でも、もし——この記事のとおり、寒河江が再び中園とヨリを戻そうとしているのだとしたら……。

「おい」

「うわ…っ！」

急に目の前に現れた影に、彼方はベッドから飛び上がるほど驚いた。

「うわって…お前な。いるならちゃんと返事しろよ」

「さ…坂田…。戻ってきてたんだ…」

同室者が鞄を手に立っているのを見つけて、胸を撫《な》で下ろす。どうやら部屋に入ると同時に声をかけてくれていたらしいのだが、それすらも気が付かないほど自分はぼうっとしていたらしい。

「なんだ？　お前なんか顔がひきつってねーか？　だいたいこんなうす暗い部屋で電気もつけずに、なにしてたんだ？」

言いながら手の中を覗《のぞ》き込まれて、慌てて後ろ手に隠す。

だがそんなことで誤魔化せるほど坂田は鈍くなく、横目でちらりと見ただけでそれがなにかを悟ったらしかった。

「……もしかして、その記事読んだのか？」

「え…」

頷きはしなかったのだが、うろつかせた視線だけでも十分に通じたらしい。

坂田はちっと小さく舌打ちすると、持っていた鞄を足元に放りなげた。

「んなもん、どうせいつも下世話な憶測しか載せてねーんだから気にすんなよ。元サヤがどうとかって煽ってるけど、それもこの騒ぎに乗じて新聞部がトトカルチョとかやってるせいだと思うし。今さらありえねぇだろ。だから読むなっつったのに…」

ぶちぶち文句を言いながらも、どうやら励《はげ》まそうとしてくれているらしい友人を見ているうちに、彼方は『ああ、そうか』と妙にストンと納得してしまった。

「坂田も…知ってたんだね」

「裏新聞のことか？　まぁ、お前は気付いてなかったみたいだけど、前々からそんな噂はときどき出てたからな」

「そうじゃなくて。……二人がもともと恋人同士だったってこと」

「あ、いや…」

マズイとしかめた坂田の眉の動きだけで、なんとなくその答えは分かる。

やっぱり自分は、思っていた以上に鈍いらしい。

『そっか…』と呟きながらも、笑う頬がかすかに引きつった。

「だから坂田、ずっと無理だって言ってたんだ」

彼方が寒河江に片想いしていると伝えたとき、坂田は考える余地もなく『アレは無理だろ』ときっぱり否定していた。その理由が、今になってよく分かった気がした。

別れたあとも、ずっと親友としてつるんでいられるほど仲がよかった二人。

しかもその容姿も頭脳も上等となれば、自分などがつけいる隙《すき》はないと感じていたのだろう。

「おい…。彼方」

「そっかぁ…。中園先輩か」

中園のことは好きだ。いつも飄々《ひょうひょう》としていてなにを考えているのか分からないところもあるが、ただの手伝いでしかない彼方や他の一年のスタッフにまで、気軽に声をかけてくれるような気のいい先輩だった。

でもライバルとしてなら、手強《てごわ》いことこの上ない。

何しろ王子様然とした容姿とその優しい物腰が受けて、人気投票で生徒会長にまで選ばれた人なのだから。

「あのなぁ。もし……どうしても気になるっつーならさ、その新聞を持ってって、先輩に直接『これどういうことですか？』って、小首を傾げて聞いてくれれば？　お前のその技には誰も勝てねぇだろ」

しゅんとしてしまった彼方を放っておけなかったのか、溜め息まじりにアドバイスをくれた友人に、慌てて首を振る。

「え？　い、いいよ。そんなつもりなかったし。ただちょっと驚いただけで…」

寒河江に過去を問い詰めるつもりはない。それに、生徒会が敵視しているという裏新聞をこっそり買ってしまった事実は、内緒《ないしょ》にしておきたかった。

「まぁ、そりゃそうか。今付き合ってる相手の元カノのことなんか、誰も聞きたくねーもんな。……あ？　この場合は元カノとは言わないのか？」

「それ、別にどっちでもいいんじゃない」

変なところを気にするよねと彼方が思わずぷっと吹き出すと、坂田もニッと微笑んだ。

「まぁ俺には相変わらず、お前のその残念な趣味については理解できねぇけどさ」

そこで一端言葉を切ると、坂田はどこか遠い目をして鼻を鳴らした。

「それでも、今あの人と付き合ってんのはお前なんだろ。ならいちいちそんな顔してんじゃねーよ」

言いながらぺちっと軽く頬をはたかれて、苦笑する。

まさしくそのとおりだと思った。

「…ありがと」

叩かれたあたりを手でなぞりながら呟くと、坂田は照れたように背を向け、軽く手を振った。


放課後、生徒会室へ向かうための渡り廊下をぼーっと歩いていた彼方は、背後から突然突き出てきた腕に、ひゅっと息を吸い込んだ。

「…っ？」

背筋が音を立ててざっと冷たくなり、慌てて振り返る。

だがそれよりも一瞬早く、背後から伸びてきた腕に強く抱き竦《すく》められてしまった。

「なに…っ?」

自分を強く抱き竦めてくるその腕には、まるで見覚えがない。

「やだ…っ、放して…っ!」

首の裏がちりちりするような、恐ろしい感覚。

それが喉《のど》の奥から込み上げてきて、そこから逃れようと彼方はやみくもにもがいた。

「イテ、イテテテ。ちょ、彼方! かなっぺ。ひっぱんな! 俺、俺だってば!」

そのとき、なにやら聞き覚えのある声が聞こえてきた気がして、彼方はぎゅっと閉じていた目をぱっと開いた。

「嘘…」

蜂蜜《はちみつ》色をした長めの前髪を強引に手でひっつかまれたまま、『ちょ…。マジで痛《いて》ぇって』と呻《うめ》いている男には、見覚えがあった。

「まさか…、ひーちゃん?」

「よう。久しぶり」

こんなところにいるはずのない男の出現に、唖然《あぜん》とする。

女の子によくもてるらしい少し甘目のマスク。すらっとした長身。

最後に会ったのは半年前だっただろうか。その記憶にあるまま、なぜか学園内に私服で立っていた幼馴染みに、彼方は大きなその目をぱしぱしと瞬《しばたた》かせた。

「どうして……、ひーちゃんがここに?」

「いや、それよりもまずその手を放してくれって…」

「あ。ご、ごめんっ」

言われて摑んでいた前髪から、慌てて手を放す。

過去に一度、校内で襲われかけたことがある彼方は、寒河江から『今度ろくでもないことをしでかすやつがいたら、迷わず急所を蹴り上げて逃げろ』とアドバイスされていたが、素人《しろうと》の彼方にそれは少々難しすぎる。

ならばかわりに手当たり次第嚙みつくか、その髪を思いきり引っ張ってやれと言われていたため、今回はそれに習って実行したつもりなのだが、どうやら過剰防衛《かじょうぼうえい》だったらしい。

「あの、ひーちゃん。ごめんね…?」

落ち込みながらも謝ると、目の前の男は『いいっていいって。気にすんな』と笑ってくれた。

その懐《なつ》かしい笑顔に、彼方もほっと胸を撫で下ろす。

「今のは俺が驚かせちゃったようなもんだからな。でもお前、寮に入ってから少し凶暴《きょうぼう》になったんじゃねーか?」

そう言ってもう一度笑ってくれた彼は、狩野響《かのうひびき》という名の、彼方の昔からのお隣さんである。

響は、隣に住む三男坊の彼方を本当の弟のように可愛《かわい》がってくれていたため、こうした過剰なスキンシップは昔からよくあった。

「う…。ごめん」

「だからそんなに気にすんなよ。むさ苦しい男たちと共同生活していくなら、それぐらいじゃないとメシの取り合いにも負けちまうもんな。実家にいたときは、みんなしてお前のことお姫様扱いだっただろ？　それを思えば、随分《ずいぶん》たくましくなったと思うぜ」

――お姫様って……。

それを言うならせめて王子様にしてほしかったが、どちらにせよ実家で甘やかされまくってきたのは事実で、反論のしようがない。

「でも、ひーちゃんが急に学校に来るなんてどうしたの？」

響は現在大学三年生のはずだ。その彼がなぜ突然、こんな田舎《いなか》の高校にいるのか。

「俺も一応、鷹ノ峰の卒業生だからな。実習するとしたら、まず母校だろ」

「え。それってもしかして……」

「ああ。これから一カ月、ここで教育実習させてもらうことが正式に決まったんだ」

幼馴染みからの思わぬニュースに、彼方は目を輝《かがや》かせた。どうやら響はそれを彼方に伝えたくて、校内をうろついていたらしい。

正式な実習開始は来週からだが、その前に今日は指導教員の挨拶《あいさつ》に寄ったのだと、ついでに教えてくれた。

「ひーちゃんの指導教員って誰？　俺も知ってる人？」

「生活指導の宮本《みやもと》だよ。宮センには……高校のときもすんげー世話になったからなぁ。今も『ニヤニヤしすぎるな。ついでにその頭を今すぐ切って染めなおしてから挨拶に来い。バカチンが』って、げんこつくらってきたとこ。ったく、卒業してまでうるせぇよなあ？」

「宮本先生か…。それは確かにちょっと大変そうだね」

社会科の教員である宮本は、授業が面白くて生徒たちからの受けもいいわりに、生活指導員としてはかなり厳しいことでも有名である。

「じゃあひーちゃん。本当に髪を切るの？」

茶髪で肩につくくらいのロングスタイルは、響が大学に入ってからずっと続けているスタイルである。

両方の耳にはピアスが開いてあり、ぱっと見はどこかのホストかナンパ男のようなのだが、その甘いマスクと明る目のトークのおかげで、決して嫌味には見えないのが彼の不思議なところだった。

今日は指導高校への挨拶ということで、比較的おとなしめにシックなジャケットに黒いパンツでまとめていたが、中はぴったりとしたラメ入りのTシャツ姿で、スタイルがいいせいかまたそれがすごく様になっている。

「まさか。たかが一ヵ月の実習のために髪まで切るなんて、冗談じゃないね。俺の美学にも反するしな。『長いのがNGっていうならオサゲにしてきますね』って宣言したら、またげんこつくらってさぁ。ほんと容赦《ようしゃ》ねぇっつーか」

「それは…そうだろうね」

響はお茶目だが、相変わらずどこまでが本気なのか分からない男だ。

そんな彼を前にして、きっとこめかみに青筋を立てていたに違いない宮本を想像して、彼方は悪いと思いつつも笑ってしまった。

「お。やっと笑ったな」

「え？」

言いながら、にやりと響は口だけで笑う。

「せっかく驚かしてやろうと思ってこっそりやってきたってのにさ。お前ときたら背中を丸めて、なんか暗そーに廊下を歩いてんだもん」

「え…と。ご、ごめん」

生徒会の臨時の手伝いは、今はほとんど呼ばれることはなくなっている。

だが乗りかかった船として、今もときどき人手が足りないときには、彼方も生徒会室に顔を出すようにしていた。

今日も隣の資料室の整理に呼ばれたのだが、彼方が裏新聞の事実を知ってからは、これが初めての生徒会入りになる。寒河江とはいつもどおり夜に少しだけ話をしたりはしていたが、中園と二人揃っている姿を目にするのは、やはりまだ少しだけ勇気がいった。

……別に、なにも気にすることなんかない。

そう頭では分かっていても、二人が並んでいるのを実際目にしてしまったら、これまでとは違った視線で見てしまいそうだ。

そんな自分が怖くて、つい溜め息まじりに重い足を引きずるようにして歩いていたのを、どうやら響に見られていたらしい。

はたから見て一目で分かるほど、自分は激しく落ち込んで見えたのだろうかと思うと、さすがに少し恥ずかしかった。

そんな彼方の肩に手を伸ばした響は、ふいに真面目な顔で口を開いた。

「もしかして、なんかあったのか？　同室者のやつとうまくいってないとか、いじめられてるとか…」

「そんなのあるわけないだろ。みんなすごく優しいし。同室者も坂田だから、気心が知れてるし…」

「ああ、坂田が一緒だったっけか。兄ちゃんたちからお前の同室者はチェック済みとは聞いてたけど、確かにまぁアイツなら…」

なにやら口の中でぶつぶつと呟いていた響は、だが急にキラリと目を光らせると、怖い

ぐらい真剣な眼差しでずいと顔を覗き込んできた。

「でも、お前の場合はそうそう安心できねぇからな。坂田だけじゃなくても、もしもなにかあったらすぐ俺のところに来いよ」

「…なにかって、別になにもあるわけないだろ」

「ばーか。男でもお前ぐらい可愛かったら、不埒《ふらち》な輩《やから》が出ないとも限らないんだよ。なにしろここは山奥の孤島だしな。男だけの禁欲生活に煮詰まったやつが、ついこうふらふらふらーとだな…」

「やだな。やめてよ」

そうした下世話な心配については、この寮に入るときに、先達《せんだち》である兄からも重々に聞かされていた。

男だらけの園とはそんなにも危ないものなのか？　と、彼方は激しく心配する周囲にただぽかんとするしかなかったが、事実、一度危険に晒《さら》されかけた身としては、その言葉にも必要以上にドキリとしてしまう。

「第一、そういうのを聞いたら坂田だって気にするだろ」

優秀なサッカー選手として県内の代表にも選ばれたことのある坂田は、近隣の女子校生たちの覚えもよく、学校を通じた交流会などではいつもいろいろな女の子のメアドをゲットしているとの噂である。

仲間内からは勇者とたたえられ、頼まれてコンパの顔役などもしているらしい。

自分の前でそうした生々しい話はあまりしないが、日曜日のたびにバスに揺られてはどこかへ出かけていく彼ほど、健全で高校生らしい生活を送っている男もいないだろう。

「いやでも、なにがどうなるかわからない世の中だからな。本当に気を付けろよ。あー……。うちの可愛いかなっぺが、こんな男くさい寮に入るなんて、俺は最初から反対だったんだよなぁ」

人の顔を眺めながらしみじみとそんなことを告げる響に、彼方はぷっと吹き出した。

「もー。ひーちゃんこそ、ここの卒業生のくせになに言ってんだよ。どこまで兄バカなんだか」

「当たり前だ。こんなに可愛い弟がいたら、そりゃ誰だって心配したくもなるに決まって……イッ！　……ッテテテテテ！」

ふいに彼方の肩を抱いていた腕が外れ、その身体が遠ざかる。

同時に響の唇からあがった激しい呻き声に、彼方はぎょっとして目を見開いた。

いつの間に傍に来ていたのか、気配もなく現れた男の姿にどきりとする。

「……寒河江先輩？」

眼鏡の奥の涼しげな目を鋭く光らせた寒河江は、響の腕をがっちりと掴んで器用にねじ上げると、脇を歩いていた生徒に向かって冷たく声をかけた。

「不審者を発見した。今すぐ誰か守衛室に連絡を…」

「ま、待って。寒河江先輩、待ってください！　この人は別に不審者なんかじゃありません」

どうやら彼方にじゃれついていた響を、校舎内に迷い込んだ不審者だと勘違いしたらしい。

「彼は、その…俺の兄ちゃんで…っ」

「お前の兄貴二人は、こんなにちゃらい男じゃなかったはずだが」

なぜ寒河江が彼方の兄のことを知っているのかは分からないが、寒河江は冷たい声でそうすっぱりと切り捨てた。

確かに真面目な彼方と、茶髪のロン毛でピアスまでしている響とでは、似ても似つかない。

適当な嘘を吐くなと視線だけで怒られた気がして、身を竦ませる。

「確かに本当は違いますけど…っ。でもずっと子供の頃から、俺の兄ちゃんだった人なので…」

「意味が分からん」

それはそうだろう。言っている彼方も焦《あせ》ってなにを言っているのかよく分っていなかったが、ともかく今は『痛《いて》えんだよっ。…テメー、とっとと放しやがれっ』と情けない声をあげている響を助けるほうが先決だった。

「あの、放してあげてもらえませんか。彼はここの卒業生で、今日は教育実習の挨拶に来たんです」

「……コレが卒業生？」

にわかには信じがたかったのか、寒河江は手を緩《ゆる》めることもないまま、その端整《たんせい》な顔を歪《ゆが》ませた。

「てめぇ…。コレとはなんだ、コレとはっ。ともかく手を放せって言ってんだろ！」

そんな寒河江に、どうやら痛みよりも怒りのほうが勝ったらしい響が声を荒げる。

今にも一発触発といった雰囲気が二人の間に漂っていたが、そのとき『おおい。寒河江と…狩野か？　お前らいったいなにやってんだ？』というのほほんとした声が、その場に割って入ってきた。

「宮本先生…」

先ほどの生徒が呼んできてくれたのか、それとも騒ぎを聞きつけてやってきたのか、宮本の出現に彼方はほっと胸を撫で下ろす。

宮本は騒ぎの中心となっている元教え子と、それを取り押さえている現生徒会役員を交互に見比べると、がりがりと頭の後ろを手で掻《か》いた。

「あー…寒河江。狩野はそんななりでも、一応うちの卒業生なんだ。放してやってくれ」

「ああ、そうでしたか」

宮本から説明を受けた途端、それまで響がどんなに騒いでいても手を放すことのなかった寒河江が、するりと腕から力を抜く。

その態度の落差に唖然とした響は、捻《ひね》られていた腕を振りつつも、キッと激しく寒河江を睨《にら》み付けた。

「なんなんだよっ。テメーはっ！　突然見ず知らずの人間の腕をねじ上げたりするか？　普通っ」

怒りも露《あら》わに怒鳴りつけてくる男に寒河江は眼鏡のブリッジをすいと押し上げた。

「それは失礼。最近この近辺ではよくチカンが出没するため、校内に怪《あや》しげな人物がいたら、即刻注意と言われているもので」

「ああ…そういや教育委員から来てたな、そんな通知。学校内に知らない男が忍び込んじゃ、体操服やら靴やら盗んでいくっていうあれか」

寒河江の説明に、宮本がポンと両手を打つ。

「でも…確かありゃ、女子校での話じゃなかったか？」

「そうでしたっけ？」

しらっとした顔で答える寒河江とは対照的に、響の頭から湯気が立っているのが見えて、ハラハラしてしまう。

響は昔からかなり短気で、なにごとにも直球なのだ。

にっこり笑いながら嫌味の五寸釘を打つことができる寒河江とでは、馬が合わないのは目に見えていた。

「……テメェな。俺をそんな変態野郎と一緒にすんな！」

「でも、真っ昼間から未成年の男子高校生にべったりと抱きついて、身体を撫で回している人間を見たら、普通はどこかの変質者か、色○狂だと思いますよね？」

「お…前…っ！　言うにことかいてなんてことを…っ。だいたい俺は彼方の身体を撫で回してなんかいない！　人聞きの悪いこと言うんじゃねーよ！」

にっこり笑って響をこき下ろした寒河江に、響の拳《こぶし》が震えているのが目に映る。

――ど、どうしよう…。

二人の間で彼方がおろおろしていると、呆《あき》れたように大きな溜め息を吐きながらも、宮本がその間に割って入ってくれた。

「ともかく寒河江は、あまり狩野を挑発するな。それに狩野。お前もそんなにちゃらちゃらとしたカッコしてるから、後輩から変質者なんかに間違われるんだぞ？　実習開始までには髪をちゃんと切ってこいよ」

「センセーまでひどいっすよ！　暴力をふるわれたのは俺なのにっ」

大きな声で不満を訴える教え子を、宮本は『分かった分かった。いいからお前は今日はもう家に帰れ。明日から寮に入る準備があるんだろうが』と促《うなが》すと、いまだ不満げな顔で寒河江を睨み付けている響を引っ張るようにして歩き始めた。

ようやく二人が離れたことで、険悪だったムードが元の静かなものへと変わる。なんだなんだと騒ぎを聞きつけて野次馬《やじうま》のように集まっていた生徒たちも、わらわらと散っていった。

「あの男はなんなんだ？」

だが寒河江は不機嫌きわまりないという表情を崩さぬまま、低い声で問いかけてきた。

「え？　ああ、ひーちゃんは俺の実家のお隣さんなんです。昔から兄ちゃんたちに混じって俺の面倒みてくれてたせいか、なんだかもう一人の兄みたいになってて…」

「……ひーちゃん？」

子供っぽいその呼び方に呆れたのか、寒河江のこめかみあたりの筋肉が、ピクリと揺れた気がした。

「あ、あの、本名は狩野響さんていうんですけど。子供の頃は響っていうのが言いにくかったから、もうずっと『ひーちゃん』で定着していて…」

高校一年にもなって、さすがに恥ずかしかったかなと頬を染めながら説明すると、寒河江は顎先だけで頷くようにして、スタスタと先を歩き出してしまった。

「え…」

……やっぱり、呆れられてしまったのだろうか。

宮本に腕を引かれるようにして消えていった響と、不機嫌さを隠しもせず、生徒会室へと歩いていく寒河江。

どちらについて行けばいいのか分からず、一瞬その場で迷ったが、ちらりとこちらを振り向いた寒河江を目にした途端、その迷いは綺麗さっぱり消えていた。

背筋のピンと伸びた美しい背中。

その背になんだか呼ばれたような気がして、彼方は小走りのまま、彼の少し後の定位置に並んで歩き始めた。


「あれ？　もう終わっちゃった？」

生徒会室の扉が見えたとき、中から出てきた人物を目にして、寒河江がピタリと立ち止まった。

そのあとを歩いていた彼方も、寒河江の背中にぶち当たりそうになって、慌てて足を止める。

「相模《さがみ》か…。なんの用だ？」

「いや？　なんか生徒会副会長様が、珍しく渡り廊下で派手な立ち回りを演じているらしいって聞いて、とんで行こうかと思ったんだけど…」

「そんな事実はないな」

「…みたいだね」

言いながら、彼は『残念』と手の中のデジタルカメラを振ってみせたが、その小柄な男に彼方はまるで見覚えがなかった。

紫の校章をしているところを見ると、寒河江と同じ二年の先輩だろうか。

相模と呼ばれた彼は、寒河江の後ろにいる人物にたった今気が付いたというようにひょいと顔を覗かせると、じっと顔を覗き込んできた。

「あ、やっぱそうだ。君、水谷君でしょ」

「え…?」

「へぇ。こりゃ噂どおり可愛いね」

「…はい?」

「もしかして、これから生徒会室の手伝いに行くの? どう? 最近の生徒会は。文化祭が終わって落ち着いてきた頃だから、いろいろと苦労話なんかもあるんじゃない? 一緒に苦労を乗り越えたりすると、いろいろな感情が生まれたりもするよね。そのあたりのところ、今度じっくり…」

いっきにまくし立ててきた人物に彼方がたじたじとしているのを見かねたのか、寒河江が男の襟《えり》足を摑んで、ぽいと引き離した。

「余計な話はしなくていい」

有無を言わさぬその態度に驚きつつも、廊下の壁に向かって投げ出された男に向かって、彼方はぺこりと小さく頭を下げてからあとに続いて歩き出す。

生徒会室に足を踏み入れると、いつものように山本《やまもと》が『よう』と迎えてくれた。

それに慌てて『こんにちは』と挨拶を返しつつ、彼方はついでに室内をぐるりと見回してから、ほっと息を吐いた。

どうやら中園はまだ来ていないらしい。

「あ、そうだ。今そこで新聞部のやつに会わなかったか？　なんかお前がケンカしてんじゃないかって、うちに確かめに来たけど」

食べかけのパンと牛乳を片手にもごもごと口を動かしている山本は、部活に行く前の栄養補給をしていたらしい。

「別に」

友人からの不躾な質問に寒河江は顔をしかめると、さっと奥の資料室へと向かってしまった。

「それってもしかして、相模さん…ですか？」

代わりに彼方が、頭に思い浮かんだ人物の名を上げてみる。

「そーそー。あいつ、今年の新聞部の部長だからさ。他の奴らより先に使えるネタを仕入れたいらしくて、最近よくこのあたりをちょろちょろしてんだよな。つってもどうせ正式な取材じゃないだろうし、水谷も無視していいから」

なるほど。どうりで寒河江の態度があれほどそっけなかったわけである。

あれが噂の新聞部かと頷いているうちに、彼方は『あっ』と小さく声をあげた。

ということは、もしかして彼が彼方に聞こうとしていたのは、寒河江と中園の話なのではないだろうか。

表向き、新聞部は裏新聞とはなにも関係がないという態度を貫いているものの、あのガリ版刷りを作っているのが彼らのうちの誰かだというのは周知の事実である。

だとしたら。もしかして、相模はなにかを知ってるだろうか…。

そんな彼方の迷いを断ち切るように、奥の資料室から『彼方』と名を呼ばれた。

慌てて出向くと、上の棚から過去の生徒会資料が入っているダンボール箱を下ろしていた寒河江と目が合う。

「これ、そっちに年代順に置いていってくれ」

「はい」

差し出されたそれを受け取ると、少しだけ埃《ほこり》っぽい匂いがした。

五つほど下げたところで、寒河江は足場にしていた椅子《いす》から降り、彼方の前に腰掛ける。

「お前…、その手で顔を擦ったな」

「え？　あっ、もしかして……なんかついてます？」

どうやら長年そこに積み上げられていた箱は、思っていた以上に汚れていたらしい。慌てて手の甲で擦り取ろうとすると、『バカ。もっと広がるだろうが』と苦く笑いながら窘《たしな》められてしまった。

――あ…今の顔も好きかも。

その表情に見惚れながら、心の底でホッとする。

先ほどまでむっつりと黙り込んでいたはずの寒河江が、ようやく笑ってくれたことが嬉しくて、つられて小さく笑い返すと、寒河江はなぜか眩しそうに目を細めた。

「目を閉じて」

言われたとおり、大人しく軽く目を瞑《つぶ》る。

頬のあたりに寒河江の手のひらが近付いてくる気配を感じたが、なぜかその手はそこでピタリと止まってしまった。

しばらくして、代わりに触れてきたのは寒河江の唇だった。

予想もしていなかった感触に、びくりと肩を竦ませる。

そのまま背中へと回された腕は、彼方を強く抱き寄せてきた。

先を促すみたいに熱い舌にぺろりと下唇を舐められた瞬間、彼方は背筋にびりびりとした痺れを感じて、小さくそこを開いた。

するりと入り込んできた舌の熱さに、我を忘れる。

唇を唇で撫でていくような柔《やわ》らかい動きに、これが初めてのキスというわけでもないのに、彼方はくらくらとした激しい目眩を覚えた。

すがりつく先を求めてさまよっていた指先が、寒河江のシャツの袖のあたりをくしゃりと摑む。

「……っ…」

ここがいつもの寒河江の部屋ではないとか、隣にはまだ山本がいるはずだとか、そんなことすら頭の中からは一瞬にして吹き飛んでしまっていた。

いつもよりもちょっとだけ濃厚な気がするその口付けに、足ががくがくしてくる。

ようやく放してもらえたときには、彼方の目は赤く潤《うる》み、荒い息を整えるのが精一杯の状況となっていた。

不意打ちのキスに、心臓が破裂しそうなほどばくばくしている。

「……彼方」

名を呼ばれて、首筋まで真っ赤に染めたまま目線だけで彼方が『なんですか?』と問いかけると、寒河江はすっと目を細めた。

「俺とのことは、もし誰かに聞かれてもなにも言うなよ」

「え…」

囁くような命令に、彼方は目を見開いた。

もともと誰かに寒河江とのことをべらべらと話すつもりなどなかったが、これは釘を刺されているのだろうかと思った途端、火照《ほて》るようだった首の裏がすっと冷たくなる。

「そ…れは、もちろん…ですけど」

ためらいながらも頷くと、寒河江はふぅ…と吐息まじりに頷き返した。

それになぜか胸のあたりをキリキリとねじられたように、きつい痛みを覚える。

「余計なヤツに知られるといろいろとうるさいし、面倒くさいからな」

余計なヤツとは、やっぱり新聞部のことだろうか…。

最近、生徒会のことをかぎまわっていると言っていた相模の顔を思い出し、もう一度慎重にこくりと頷く。

だが『面倒くさい』と告げられた一言に、妙な引っかかりを感じて、彼方はふわふわとしていた心が急速に萎《しぼ》んでいくのを感じた。

まるで空気の抜けた風船みたいだ。

「じゃあ、そっちからやるか」

これでもうその話は終わりだというように、彼方からぱっと手を放して早速作業にとりかかった寒河江からは、先ほどの官能的なキスの余韻は微塵《みじん》も感じられない。

相変わらず涼しげなその横顔をそっと見つめながら、彼方はこっそりと自分の指先で唇に触れてみる。

じんわりと暖かかったはずのキスの名残《なごり》が、今は妙に切なかった。


「なんなんだ！　あの男は！　寮長だかなんだか知らねぇけどえばりくさりおって！　あんなのが今の寮長なんじゃや、この寮も息が詰まってやってらんねーな。あー…マジで腹が立つ！」

部屋に入ってくるなり彼方のベッドにどっかりと腰掛けて、傍にあった枕をぼふぼふと殴りつけ始めた響は、どうやらかなりフラストレーションが溜まっているらしい。

それを横目で眺めながら、彼方は『ははは…』と苦笑いを零した。

響の教育実習が始まってから、早一週間。

二人が顔を合わせることもそうないだろうと思っていた予測は外れ、宮本から、生徒会や寮の手伝いまで申しつけられた響は、必然的に寒河江とよく顔を合わせるようになっていた。そしてそのたび、あの調子でビシビシと言い負かされているらしい。

たった今も寮の外でタバコを吸っていたところを寒河江に見つかり、盛大な溜め息とともに嫌味をもらって帰ってきたようだ。

響が借りている部屋は、寮の管理人や宿直の教師が泊まるための官舎のほうなのだが、そちらはそちらで息が詰まるからと、響はこっそり抜け出してきては、毎晩のようにこの学生寮まで遊びに来ている。

ノリのいい響は生徒たちにあっという間に馴染み、年の差を感じさせないほど仲がいい。鷹ノ峰の卒業生であることも手伝って、昔からいる教師の失敗談や、過去に卒業した先輩たちの思い出話などに花を咲かせていた。

それはそれで楽しいし、久しぶりに響と遊べることは彼方にとっても嬉しい話だったが、そうとばかりも言っていられないのも事実だった。

「だいたい、アイツは最初から気にいらなかったんだよ。年下のくせになんであんな慇懃《いんぎん》無礼《ぶれい》なんだ?」

「いやでも…、ひーちゃんもやっぱりちょっとは、悪かったと思うよ?」

「どうしてだよ」

「だってさ、高校生の寮に、タバコやお酒の持ち込みはちょっと…」

「俺は別に高校生じゃないっつーの」

先日は、わざわざ街まで行って大量のビールを買い込んできたところを見つかり、即刻没収された上、酒豪と名高い宮本先生へのお土産《みやげ》として全て引き渡されたと聞いている。

いくら響が二十歳過ぎとはいえ、ここは高校生ばかりが集《つど》う寮なのだ。

共に生活している以上、そうしたものを気安く持ち込むなというのが寒河江からのお達しらしかった。

「だいたい全館禁煙だなんて、どこにも書いてねーのに分かるかよ！　なのにあの男、まるで虫けらでも見るような眼差しで人をせせら笑いやがって。『高校の寮にそんなことを書いてあると思うほうが、どうかしていると思いますが』とかなんとか、しらっとした顔で言いやがんの！　マジでアレ、一度絞《し》めたい」

思い出すだけで腸《はらわた》が煮えくり返るらしく、枕を殴りつける響の手はさらにヒートアップしている。

それを眺めて、彼方はこっそりと溜め息を吐いた。

もともと水と油のような二人だ。馬が合うはずもないことは分かっていたが、まさかここまで険悪になるとも思っていなかった。

だがすぐにムキになる響は仕方ないとしても、寒河江ならそんな響をうまくかわすこともできるはずなのに、寒河江はどうやら響に対してわざと嫌味をぶつけているようにも見える。

生徒会や寮長として忙しい寒河江は、なるべく煩《わずら》わしいことには関わらず、さらりと流していくようなところがある。それが場合によってはすごく冷たく感じられたり、容赦がないように思われてしまうこともあるようだったが、彼方から見ればそうした取捨選択をしてでも、与えられた自分の役割を淡々とこなしていく彼を眩しく思っていた。

その寒河江が、なぜか響に対してだけは珍しくあたりが厳しいのだから、首を傾げもする。

一度その理由について聞いてみようかと迷っていたのだが、響の名前を出した途端妙にピリピリとした様子を見せる寒河江に、さすがの彼方も口をつぐむしかなかった。

それにここのところ、毎晩のように響が部屋までやってきては点呼の時間まで居座わるものだから、これまでのように寒河江の部屋へ本を借りに行ったり、勉強を教えてもらいに行くこともなかなかできずにいるのだ。

響には申し訳ないが、こうも毎晩来られると、さすがにそわそわしてくる。

なにしろ彼方が寒河江と共に過ごせるのは、就寝までのわずかな時間しかないのだから。

それに……裏新聞のこともある。あれに書かれていた内容が真実なのかどうかを確かめることもできないまま、小さな不安は抜けない棘《とげ》のように依然として彼方の胸に巣《す》くっていた。

「なんだよ～？　また暗い顔してんなよな」

彼方が再びこっそり溜め息を吐いたのをめざとく見ていたのか、響は手の中の枕を脇に放り投げると、代わりに彼方にべとっと抱きついてきた。

腕を首から肩へと回されると、少しだけ緊張してしまう。

「ちょ…と、ひーちゃん。…暑苦しいよ」

「なんだよー。かなっぺ。最近は前みたいに甘えなくなっちまって、兄ちゃんは寂しいぞ」

「もう…。ひーちゃんまで、はる兄たちみたいなこと言うのやめなよね」

実家に帰るたび、先を争うようにして末っ子を可愛がろうとする兄たちの名前をあげると、それまで彼方をぐりぐりと抱き寄せていた響の腕がピタリと止まった。

「……その名前を俺の前で出すんじゃない」

らしくもなく暗い声を押し出した響に、ピンとくる。

「なんだ。ひーちゃん、もしかしてまたはる兄とケンカしてるの？」

「ケンカなんかしてねーよっ」

響は激しく否定したものの、水谷家の長男である立佳と響が、寄ると触ると言い合ってばかりいるのは町内でも有名な話である。

というより、涼しげな顔をしてなんでも器用にこなす立佳に、やや不器用なところのある響が一方的に突っかかっていくという図式が真実に近かったが、どうやらその関係は今でも変わっていないようだった。

だがよくケンカしてはぶすったれるわりに、響は立佳と本気で仲が悪いわけではなく、気が付けばいつの間にか仲直りして、再びべったりと彼のあとをついて回っていた姿を思い出す。

「どうせまたひーちゃんが一方的に怒って、はる兄に絶交宣言したんでしょ。早く謝っちゃったほうがいいよ？　どうせ最後はひーちゃんが泣いて謝ることになるんだから」

「だっ…だれがっ、泣いて謝ってるっていうんだっ！」

途端に顔を赤くしてムキになった響に、彼方は『ええ？』と眉を寄せた。

「でも昔からそうだったよね？　ひーちゃんが怒って絶交宣言するたび、はる兄は『はいはい』って流してるだけで、なんか本気にはしてなかったみたいだし。最後はひーちゃんが泣いて謝ることに…」

「あれはっ、アイツが性悪な上にサドだったから強引に泣かされてただけで、断じて俺が泣きたくて泣いてたわけじゃないっ！」

響は拳を固めて力説しているが、あの誰にでも人当たりがよくて出来のいい兄を摑まえて、そんな風にこき下ろすのは響くらいなものである。

「昔からひーちゃんだけだよね。あのはる兄を摑まえて性悪とか、サドとか言うの…」

「……みんな騙《だま》されてんだよ。あの外面のよさに。それにアイツの場合、お前の前では死ぬほど優しくて、本当にいい兄ちゃんだしなぁ」

ぶつぶつ呟く響は、本気で疲れを感じているようだ。

ぐったりとした様子で彼方に抱きついてくる響の頭を『よしよし』と叩いてやっているうちに、ふいにガチャリと扉の開く音がした。

「げ…っ」

目があった瞬間、なぜかカエルを踏みつぶしたような声をあげたのは、坂田だ。

入り口付近で立ち止まった坂田が、なぜそんなにもひどく引きつったような顔をして固まっているのか分からずに、彼方は首を傾げた。

「いや、ちょーっと……あの。すみません。やっぱりあとで来てもらったほうが…」

坂田はその場で回れ右をすると、しどろもどろになりつつも背後の扉を振り返っている。

だがそんな坂田を脇へ押しのけるように中へと入ってきた人物に気付いて、彼方は目を丸くした。

「先輩…？」

――どうして寒河江がこの部屋に？

疑問と同時に、かすかな喜びが胸に溢れた。

これまで自分が彼の部屋を訪れることはあっても、寒河江が彼方の部屋まで来てくれることなど、一度もなかったのだ。

だが寒河江の来訪にぱっと顔を輝かせた彼方とは対象的に、隣にいた響は彼方を腕に抱えたまま『うげっ』と露骨《ろこつ》に嫌そうな声を押し出した。

「なんだよ。なんでお前が彼方の部屋に…」

「それはこちらの台詞《せりふ》です。……どうやら狩野先生は、大人の分別というものをどこかに置き忘れて来たらしいですね」

呆れたような視線を隠しもせず、さらりと毒《どく》を吐いた寒河江に、響は『はぁ?』と眉を寄せた。

「ああ、すみません。元から持ってないものは、忘れてくることもできませんでしたね。失礼しました」

にっこり笑って告げられた台詞に、部屋の中がシンと静まり返る。

寒河江の口元は笑っているものの、眼鏡の奥の涼しげな眼差しは決して笑っていない。

ひたひたと押し寄せてくる冷たい空気に、彼方はそっと息を飲んだ。

「な…んだと…?」

唖然とした様子で響が聞き返すと、寒河江は淡々とその先を続けた。

「こんな時間まで特定の生徒の部屋に入り浸っているのを他の生徒に見られたら、どう説明するつもりですか? その窓から放り出されたくなかったら、即刻出ていってください」

「そんな横暴な話があるかっ! だいたい俺と彼方が幼馴染みだってのは、すでにここにいるやつらも知ってんだし、別にそんなことぐらいで…」

「もともとの関係がどうとかなんて、そんなの問題じゃない。あなた自身が非常識だと言ってるんだ」

それまでは表向きはへりくだった態度を見せていた寒河江だったが、それすらもあっさり放棄すると、心底呆れたような視線を向けてきた。

覚えのある視線に、ピシリと身体が凍りつく。

ああいう目をした寒河江を、彼方は以前も見た記憶がある。

まだ寒河江と付き合ってはいなかった頃、生徒会室で武藤《むとう》にまとわりつかれて、それでも強く拒否できずに困惑していた彼方を、寒河江は今と同じような冷たい眼差しで睥睨《へいげい》していた。

あのときの視線が思い出されて、背筋にぞっと冷たいものが走る。

「狩野先生は、なぜここにいるんです？」

「はぁ？　なんでって、んなもん実習があるからに決まって…」

「なら今は他の教員と扱いは同じはずですね。もし他の教員が、教え子の一人だけと親しくした上、親族ですら勝手に上がり込めないような部屋にまで押しかけていたとしたらどうなりますか？　他の生徒へ示しがつかないばかりか、ひいきとみなされて規律も乱れる。それとも卒業生である自分は、特別扱いされて当然とでも思ってるんですか？」

「そんなことは…」

「教員としてここへ来ているのなら、他の教員と同じ扱いでしかるべきだ。もしただの卒業生のつもりでいるなら、週末の面会時間に訪問記録をつけてからいらしてください」

ぐうの音《ね》も出ないとはこのことだろう。

最初のうちこそ真っ赤な顔をして肩を震わせていた響も、寒河江の厳しい指摘により、己の行動が浅はかだったと気付いたらしく、最後は『…分かった。悪かったよ』と大人しく両手を上げた。

そうして彼方からすっと離れると、その頭を軽くぽんぽんと叩いてから、立ち上がる。

「彼方も…悪かったな。ずっと邪魔してて」

「う、ううん。こっちこそ……ごめん」

決まり悪げに謝る響に、彼方はぶんぶんと首を振った。

響が毎晩のように部屋に入り浸っていたのは、もちろん彼方を懐かしむ気持ちがあったからだが、それだけではないはずだ。

たぶんこのところずっと、自分が暗い顔をしていたせいだろう。

子供の頃から響はそういう面に関して、妙に聡《さと》かった。

出来の良すぎる兄たちと比べられて落ち込むたび、いつの間にか響は傍にやってきて、彼方を笑わせようと必死になってくれていた。今回もその延長のような気がしてならない。

坂田に『邪魔したな』と軽く手を上げて部屋から出ていく響を、彼方もそっと手を振り返して送り出す。

同じように響の後ろ姿を見送っていた寒河江は、だがそんな彼方の隣でふっと苦々しく息を吐いた。

「お前は……ちょっと優しくされれば、誰にでも懐くんじゃないだろうな」

「…え？」

溜め息まじりの声に驚いて顔を上げると、寒河江の視線とかちりと合った。

薄いレンズの奥で細められた瞳が、こちらをじっと見下ろしている。その冷めた色に、彼方は唇を震わせた。

もしかして寒河江には、自分が誰彼構わず懐いては甘えているように見えたというのだろうか。武藤のときと同じように。

「違います」

「じゃあなんで抵抗の一つもしないんだ。他人からべたべた触られるのは苦手なくせに」

――どうして、それ…。

確かにあの一件があって以来、以前よりもスキンシップが苦手になっているのは事実だが、それを誰かに漏《も》らしたことは一度もない。もちろん寒河江にも。

だが彼にはとうに気付かれていたのだと知り、彼方はカッと首筋を染めた。

「もしかして嫌がったら相手に悪いとでも思ってるのか？　まさか俺に対しても、そんな風に思って我慢してるんじゃないだろうな」

苛立ちを隠さぬような鋭い言葉に、目を見開く。

心臓の真ん中を、ひと突きされたような気分だった。

たしかに……なんの予告もなく、ふいに背後から抱きつかれたりするのは、まだ少しだけ怖いし、身構えてしまうこともある。

だが響は昔から気心が知れた家族のようなものだったし、寒河江にいたってはそんな風に感じたことすらなかった。その手に触れられて、怖いぐらいに幸せな気持ちになることはあっても。

「ち、違います！」

誤解されるのが怖くて、思った以上に否定の言葉が強くなってしまった。

「絶対そんなんじゃ…、ありませんからっ」

我慢だなんて、絶対にそれはありえない。

それどころか寒河江にキスされたり、きゅっと抱きしめられたりするたびに、息が止まりそうになるくらいに溢れる幸福感を、疑われたくなどなかった。

それでもこんな風に棘のある言葉を寒河江から向けられたのは実に久しぶりのことで、他になんと言ってこの気持ちを伝えればいいのか分からない。

これ以上なにかを言ったら、なんだか泣けてしまいそうだ…。

そう思って唇をきつく噛みしめながら俯くと、チッと小さく舌打ちする音が聞こえてきた。びくりと身体が強ばってしまう。

——え…？

次の瞬間、大きな手のひらに労《いたわ》るようにそっと髪を撫でられるのを感じ、彼方は慌てて顔を上げた。

驚きに目を見開いたまま声も出せないでいる彼方の手を取ると、寒河江はその手のひらをぐいと上向かせた。

広げた手にのせられたのは、一冊の文庫本だ。

これって……。

もしかして寒河江が友人に貸していると話していた、例のシリーズの続きではないだろうか。

これを届けるためにわざわざ来てくれたのだろうかと、手の中の本をまじまじ眺めているうちに、寒河江はくるりと背を向けて部屋から出ていってしまった。

追いかけるべきか迷ったけれど、ピンと伸びた背中にかすかな拒絶の色を感じて、礼の一つも言えなくなる。

「超こぇぇ…。つーかお前、大丈夫か？」

腹の底から押し出すような坂田の声がどこか遠くで聞こえていたが、彼方はそれには応えられないまま、手の中の本をぎゅっと握りしめた。

やっぱり、やめといたほうがいいのかな…。

そんな思いに惑わされるまま、すでに二十分近く階段の隅《すみ》でうろうろとしていた彼方は、やがて心の迷いを振り切るように一つ息を吐き、階段から顔を覗かせた。

時刻は早朝の五時過ぎだ。この時間帯では、さすがに廊下を出歩いている生徒は誰もいない。

彼方が階段から覗いているのは、一階の角にある寮長室だった。

昨夜彼方はベッドの中で、寒河江が持ってきてくれた本を手にしたまま、いろいろと考えなおしてみた。

珍しく皮肉めいた言葉を向けられたことから推察するに、あれは響だけでなく、彼方に対しても深く静かに怒っていたということなのだろう。

だがその原因となると薄ぼんやりとしたものしか思い浮かばず、ベッドの中でごろごろとしているうちにとうとう夜が明けてしまった。

確かに教育実習中の身で学生寮へ毎晩のように遊びに来ていた響はどうかと思うし、それにずるずると付き合っていた自分もまずかったと深く反省はしたが、それだけで寒河江があも不機嫌さを露わにするとも思えない。

『あー、あれはなぁ…。いや、余計なことを言って怖い目には遭いたくないからなにも言わんでおくけど。別にお前に対して怒ってたってわけじゃねーと思うから、あんまり気にしなくていいんじゃね？　……つーかさ、頼むから痴話《ちわ》ゲンカはよそでやってくんねぇかな…』となぜか遠い目をして坂田は呟いていたが、それでもやはり不安は募《つの》る。

もしも自分が彼を怒らせたというのなら、その理由を聞いて、ちゃんと謝りたかった。

こんなことで、寒河江とダメになりたくない。

二人きりでゆっくり話すには、本当は夜まで待つのが一番だと分かっていたが、こんなにもやもやとした不安な気持ちを抱えたまま、今日一日を過ごせる自信がなかった。

どうしても耐《た》えきれず、そっと部屋を抜け出してここまでやってきてはみたものの、さすがにこの時間帯では寒河江もまだ寝ているはずだ。固く閉じた扉を見ているだけで、怖じけづきそうになる。

「よし」

一度だけ、ノックしてみる。

それでもし寒河江が気が付いてくれたなら、少しだけ時間をもらおう。

そう決めてきょろきょろと左右を見回し、息を吸い込む。

寝起きを訪ねるのは初めてだったしかなりの勇気がいったが、このチャンスを逃せばまた放課後まで、寒河江とは話すらできなくなってしまうのだ。

それが嫌ではじめの一歩を踏み出したとき、彼方は目の前の扉がカチャリと静かな音を立てて内側から開かれるのに気付いて、慌てて階段の柱の影に身を隠した。

……トイレにでも行くのだろうか。

思わず驚いて隠れてしまったが、寒河江がすでに起きているというなら、かえって都合がいい。

改めて声をかけようとして身を乗り出しかけた彼方は次の瞬間、頭から冷水を浴びせられたようにその場で凍りついた。

――え…。

すらりとした長身。でもそれは、見慣れた寒河江のものではなかった。

……嘘。中園…さん？

柔らかそうな髪の色。気品を感じるのに、笑うと妙に人懐こく見えるその横顔は、まだ少し暗い朝の光の中でも見間違えようもなかった。

しかも中園が出てきたのは、紛《まぎ》れもなく寒河江の部屋からだ。

その上、まるでたった今ベッドから抜け出してきたといわんばかりに、いつもはきっちりとまとめられているはずの髪が珍しく乱れている。

「じゃあ、お邪魔さま」

あくび混じりに扉を開けた中園が、部屋の中に向かって軽く手を振った。

「…るさい。とっととそこ閉めて部屋に戻れ」

心臓が、ズキズキと擦《す》り傷を負ったみたいに痛み出す。

姿は見えなかったが、中からかすかに聞こえてきた声は確かに寒河江のものだった。

少しぶっきらぼうだが耳触りのいいそれを、自分が聞き間違えるはずもない。

壁に貼り付いたまま固唾《かたず》を呑んで見守っている彼方のすぐ近くで、ふっと笑う中園の甘い声が聞こえてきた。

「独り寝が寂しいからって、俺にあたるなよ」

からかうような中園の声に枕らしきものがぼすっと扉の内側にあたる音が聞こえた。

小さな足音とともに、中園の忍び笑いが遠ざかっていく。

それをどこか遠くで聞きながら、彼方は口元を両手で押さえてずるずるとその場にしゃがみ込んだ。

「…は……っ」

なぜか喉の奥が引き絞られるように苦しくなって、震える手を口元から外す。

思いきり息を吐き出してみて初めて、彼方は自分がずっと息を止めたままだったのだということに気が付いた。

それでもそうして息を止めていなければ、今すぐその背中に向かって叫び出してしまいそうだったのだ。

叫ぶとは言っても、自分がなにを中園に言いたかったのか、それすらも分かってはいなかったけれど。

こめかみのあたりが激しく痛んでいる。

ズキズキと耳鳴りがする頭の中で、ふと思い浮かんだのは、『元サヤに戻る日はいつ?』と大きな見出しで書かれていたあの新聞だ。

いつ? いつって……そんなの……。

そんな日はきっと来ないって、必死にそう自分に言い聞かせていたけれど。

――いつだったんだろ…?

視界がぶれて、世界が虚《うつ》ろに遠くなる。奥歯を強く噛みしめていなければ、そのまま床に倒れ伏してしまいそうだった。

彼方はしばらく茫然としたままそこにへたり込んでいたが、やがて朝練のある部に所属している生徒たちが起き出し始めたのか、どこからか小さな話し声やぺたぺたという足音が聞こえてくるのに気が付いた。

それにのろのろと立ち上がると、重い足を引きずるようにして、ゆっくりと目の前の階段をのぼり始める。

全身が、鉛《なまり》を詰められたように重かった。

結局その日、彼方は放課後になっても寒河江には会いに行くことはなかった。

午後から全国的に激しく降り出した雨は、今もまだ激しくぱらついていた。

食堂に置かれたテレビの天気予報図をぼんやりと見つめながら食事をしていた彼方は、小さな溜め息を吐くとともに箸を止めた。

今夜のメニューはジャガイモとベーコンのチーズ炒め。それからアスパラガスの肉巻きだ。どちらも好物のはずなのに、それでも箸が進まないのは、なにを食べても砂を噛むように感じてしまうからだろうか。

今日の彼方は、放課後に生徒会に顔を出さずに、まっすぐ寮へ帰ってきてしまった。

……先輩、怒ってたかな。

いや寒河江の場合、怒っているというよりも呆れているかもしれない。

生徒会の手伝いは誰かに頼まれたからではなく、彼方が自主的にやろうとして始めたものだが、こんな風に中途半端に投げ出すのは、寒河江が一番好まない行為だと知っている。

だが、どうしても今日だけは生徒会室に足が向かなかった。

あそこに行けば、嫌でも中園と寒河江が二人揃っている姿を目にしてしまう。それが今の彼方には、なによりきつい。

これまでは寒河江が今付き合っているのは自分なのだからと言い聞かせていられたが、

さすがに今日ばかりはその呪文の効果も薄かった。

今朝早く、寒河江の部屋から出てきた中園の姿を思い出すだけで、身体の中に小石がいっぱい詰まったように苦しくなって、食事も喉を通らなくなる。

――あれって……やっぱり、そういうことなのかな。

寒河江はなにも言っていなかったが、あれはやはり、いつの間にか中園とのよりが戻っていたということなんだろうか。

考えてみれば、一度だけ肌を触れ合わせたあの日以降、寒河江は彼方に優しいキスをしてくることはあっても、それ以上のことを望んだことは一度もなかった。

キス一つで有頂天《うちょうてん》になっていた自分はそれだけでもかなりいっぱいいっぱいで、その先についてまで考える余裕もなかったが、今にして思えば健全な男子高校生である寒河江が、あんなままごとみたいなキスだけで満足できていたとはとても思えない。

あのときも、すごく手慣れているようだったし…。

それに寒河江は自分に『よければ俺と…その、付き合ってみるか?』と聞いてはくれたものの、『好きだ』といった類《たぐい》の台詞を口にしたことは、一度もなかった。

同情から始まった恋なのだから、それはそれで仕方がない。

いつか本当に好きになってもらえたら……とこっそり願ってはいたものの、本当はまだ中園に心が残っているのだとしたら、それも難しいような気がしてきてしまう。

だとしたら、自分はもういらない存在なのかな…。

彼方の小さな頭の中では、一日中ぐるぐると同じ疑問が渦巻《うずま》いていたが、さすがにそれを寒河江に直接問いただしてみる勇気はなかった。

そんなことをして、『実は…』などと向こうから別れ話でも切り出されたらと思うと、今はまだとてもそれに耐えられそうにない。

「彼方。まだお前食ってんのか？」

一緒に食堂に入ったはずの坂田はもうとっくに食べ終わり、食器も片付けてきたらしい。いまだあまり減っていないトレーを見下ろして、坂田は右眉を上げた。

「あ……ごめん。……テレビ、見てたから」

「いいけどな。とっとと食って早めに風呂入っちまわないと、この雨じゃ他の運動部の奴らも早く切り上げてくるだろうし、すげー混むぞ」

「うん。分かってる。気にしないで、坂田は先に行っててよ」

仕方なく、そう楽しくもないテレビに見入っていたフリをしながら、彼方は軽く手を振った。

各階に小さなシャワーブースはあるものの、ちゃんとした風呂に入りたかったら一階の大風呂を利用するしかない。夜の七時から消灯の十一時までの間は、いつでも使えるようになっているが、時間をうまく狙《ねら》わないとかなり混雑してしまう。

この分では、今日は消灯間近に行ったほうがよさそうだと思いつつ、一向《いっこう》に進まない皿の中身をつんつんとつついていたが、やはりどうしても食欲はわかないまま、彼方は仕方なく席を立った。

「よかったらこれも食べて」

食欲盛んな友人たちに残っていたおかずの皿を渡すと、友人たちは快く引き受けてくれた。

「どうした？　腹でも痛いのか？」

「うん。まぁ…そんなとこ」

本当に痛いのはお腹《なか》ではなく、そのかなり上のほうだったが『大丈夫か？　薬でももらってきてやろうか？』と尋ねてくる友人たちに、これ以上余計な心配はさせたくなくて『大丈夫だから』とにこっと笑う。

トレーを片付けてから部屋へ向かう途中の廊下で、ふと外を見つめる。

真っ暗闇の中、ざあざあと音を立てて強くふきつけている雨は、まるで今の彼方の心情を表しているかのようだった。

「おい」

背後からかけられた声に、必要以上にビクッとなった。

「なにしてるんだ」

恐る恐る振り返ると、そこには今一番会いたくない人物が立っていた。

この時間では、まだ寒河江は学校に残っているはずだと思っていたのだが、珍しく早めに切り上げてきたらしい。

どうして――こんなときに限って……。

無表情でこちらを見下ろしてくる男と目が合った途端、それだけで血の気が下がる気配がして、彼方は小さく身体を震わせた。

「…あの…今、ご飯を…」

「ああ。もう食べてきたのか?」

問いかけられて、ブリキのおもちゃのようにかくかくと頷く。

だがこれ以上は、張り詰めた空気に耐えられそうもなかった。視線をそらしたまま、『じゃあ…』と告げてそそくさとその場を離れようとした彼方は、ふいに手を掴まれてぎくりとその場に立ち止まった。

寒河江の手だ…。

長くて綺麗な指先。だが今ばかりはそれに見惚れる余裕もない。

掴まれたそこから火傷《やけど》したみたいに、じりじりとした痛みすら覚えてしまう。

「少し時間があるか?」

「え…?」

「話がある」

ズキンとはっきりそう分かったほど、胸に痛みが走った。

どこか言いにくそうに眉を寄せているその端整な顔立ちから、次にどんな言葉が溢れてくるのかを考えただけで、身が竦む。

どうしよう。どうしたらいいのか…。

「彼方」

「あのっ！　俺…っ、これからお風呂に行かないといけなくて…っ」

気が付けば彼方は寒河江の声を遮《さえぎ》るように、声をあげていた。

まさか彼方から拒絶されるとは思っていなかったのか、寒河江が不審そうに眼鏡の奥の目を細める。

「すぐに済む」

「で、も…っ、坂田を待たせてるし…っ」

こんなの、無駄なあがきだということは分かっている。それでも寒河江の言葉の先を想像しただけで、足ががくがくと震え出しそうになるのだ。

できるなら、まだ聞いてしまいたくなかった。

その唇から零れる真実を。

視線をそらして俯く彼方をどう思ったのか、寒河江は小さく息を吐くと、その指先を下ろして、彼方の指にそっとそれを絡めてきた。

一本一本を、交互に隙間無く重ねるようにきゅっと握りしめられる。

まるで心を懐柔《かいじゅう》するかのような優しい触れ方に、先ほどとはまた違った胸の痛みがズキズキと走った。

「頼むから、来てくれないか」

珍しく弱った様子で頭上から降ってきた声に、彼方はきゅっと唇を噛む。

……ずるい。

誰よりも好きな相手から、そんな風に頼まれたら、拒絶することなんてできないじゃないか。

それを知りながら、寒河江が別れ話のために自分を呼び止めたのだとしたら、なんてひどい話だと思う。

でも、それでもやっぱり好きだけど…。

繋《つな》がれたままの指先がトクトクと熱く脈打っている。

それに急《せ》かされるように、彼方は俯いたままコクリと小さく頷いた。

結局、それ以外に自分に選べる道は他になにもなかったから。

寒河江に手を引かれるようにして、そのまま彼の部屋へと連れてこられた。込み入った話をするのに、廊下は不適切だと思ったのだろう。

「……昨日は、悪かった」

だが後ろ手でぱたんとドアが閉じた途端、覚悟を決めたように呟かれた台詞を耳にした途端、彼方は『え…？』と顔を上げた。

――今、彼はなんて言ったんだろう？

「…少し、言いすぎたなと、これでも反省してる」

ぽかんとした彼方の前で、寒河江が憮然《ぶぜん》とした表情のままさらに言いにくそうに告げてきた言葉には、もっとびっくりしてしまった。

まさか、謝られてる…？

あまりに想像もしていなかった展開に、声もなくその顔をまじまじと見上げていると、寒河江は少しだけムッとした様子で口を引き結んだ。

「なんだ。やっぱりまだ怒ってるのか？」

「ま、まさか…っ」

そんなことはないと慌ててぶんぶん首を振る。

そんなことで怒ったりなんかしない。どちらかといえば、気にもしていなかった。

今、彼方が一番気になっているのは、その唇から『さよなら』と言われることだけで…。

「そうか」

だが寒河江はそれがなにより気に掛かっていたらしく、彼方から許しをもらえたと知った途端、どこかほっとした表情で息を吐いた。

それが珍しく年相応に幼く見えて、そのことにまた面食らってしまう。

「あの、俺…」

なんだろう。

想像していたのとは違う展開に、頭がついていってない。

寒河江の手に促されるままふらふらとベッドに腰を下ろすと、寒河江もその横にすっと腰を下ろしてきた。

ぎし…とスプリングが弾《はず》んで、その音に一瞬どきりとする。

ここ最近は勉強を教えてもらうどころの騒ぎじゃなかったから、こんな風に寒河江と二人きりで密着するのは久しぶりのことだった。

突然、空気の密度が濃くなった気がして唾《つば》を飲み込む。

「ひゃ…っ」

そんな彼方をどう思ったのかは知らないが、寒河江はふいにその場でごろりと横になると、座っていた彼方の膝《ひざ》にその頭を預けてきた。

驚きすぎて、おかしな声が口から飛び出る。だが寒河江は一向に気にした様子もなく、彼方の膝の上で寝やすい形をごそごそと探し出すと、やがてそのまま目を閉じてしまった。

膝の上に寒河江の頭があるこの状況に、手の置き所がなくてあわあわしてしまう。

「……昨日はよく眠れなかったんだ。お前が無理して俺に触られるのを我慢してるってわけじゃないなら、少しだけ貸してくれ」

「が、我慢なんかぜんぜんしてませんから…っ」

彼方が慌てて力説すると、寒河江はふっ…とその唇に笑みを浮かべた気がした。

「分かった」

そうして、今度こそ本格的にその身体を預けてくる。

膝の上にしっかりとした重みを感じて、彼方はコクリと息を飲み込んだ。

……なんだろ。これ。

胸の奥が、熱くて痛い。

嬉しくて仕方がないのに、喉の奥に空気がいっぱい詰まったみたいに苦しくなっている。

これが、切ないってことなんだろうか。

寒河江は目を閉じたまま、動き出す気配を見せない。

じんわりとした熱が膝から全身に広がっていく気がして、それに励まされるように、彼方は震える唇をそっと開いた。

「…あの、先輩？」

「…なんだ」

応えてくれる声に、一度きゅっと唇を噛む。

「もしかして……、お話って…、それだけ……ですか？」

彼方の声が震えているのに気が付いたのか、寒河江がふっと目を開くのが見えた。

至近距離でその目と目が合った瞬間、性懲《しょうこ》りもなく心を撃ち抜かれたような気分になるのは、どうしてだろうか。

「ああ」

その返事を耳にした途端、彼方は安堵《あんど》の空気がどっと身体中から込み上げてくるのを感じた。

……よかった。

本当に、よかった。

話があるからついてこいと寒河江に言われてからずっと、彼方は今にも息が止まるんじゃないかと思うくらいに、緊張していた。

——彼から、なにを言われるんだろうか。

もしかして、中園のことだろうか。

『アイツとよりが戻ったんだ。だから別れてくれ』と寒河江に言われたら、自分はどうすればいいんだろうか。

……どうしたらいいもない。もし彼からそう言われたら、頷くしかないと分かっている。

だがそんな風にはとても思いきれそうもない自分に迷いながら、それでも寒河江の手を振り払えずにここまで大人しくついてきてしまったのだ。

だが、寒河江はそれを今は口にする気がないらしい。

そう知っただけで、ゆっくりとグラスの中で溶けていく氷みたいに、心が解《ほど》かれていくのを感じた。

「…先輩…」

行き場を失っていた手を膝の上へと伸ばし、黒い髪にそっと触れる。

艶《つや》やかな黒髪は、見た目よりも柔らかな感触がした。

まだそれに触れてもいい権利が自分にあることが、嬉しくてたまらなかった。

「なんだ？」

「……好きです」

込み上げてきた気持ちをそっと口にする。

初めてでもないのに、小さな告白に声が震えた。

「知ってる」

寒河江はそんな彼方になぜかくっと柔らかな笑みを浮かべて、小さく頭を揺らした。

それだけでなんだかもう胸の中がいっぱいになってしまい、彼方はじわりと目の奥から滲《にじ》んできたものが寒河江の上に落ちてしまったりしないよう、きつく唇を噛みしめていた。

「……失礼します」

ノックしてから生徒会室の扉を開けた彼方は、そこに誰もいないと知ってほっと息を吐いた。

どうやらみんなすでに出払ったあとらしい。

今日は近隣の女子校との交流会について会議があると聞いている。そのため役員たちは、向かいの棟《とう》にある大会議室のほうへ行っているはずだった。

久しぶりに同年代の女の子たちが学校へ来訪するとあって、役員以外の生徒たちまで妙に浮き足だっているのが微笑ましい。

会議は長引くと聞いていたし、しばらくここには誰も戻ってこないだろう。

その時間を利用して、彼方は資料整理を始めることにした。

先日さぼってしまったことに対して、寒河江はなにも言ってなかったが、やはり仕事を中途半端のまま放置しておくのは気が引ける。中園と会うことにはまだ少し不安があったが、やると決めた仕事はちゃんと最後までやり遂《と》げたかった。

保存書類以外は五年経《た》ったものから廃棄《はいき》処分していくことになっていて、その分別が彼方の主な作業だ。

自分では判断がつかないものは、あとで寒河江たちに見てもらうことにして、古い会議の資料や使わなくなったポスター案などを、順によりわけては廃棄箱に入れていく。

しばらくその作業に没頭しているうちに、トントンと部屋を叩く音が聞こえた。

「はい？」

「彼方？　いるのか？」

「あれ、ひーちゃん…どうしたの？」

珍しく生徒会室に顔を覗かせた響に、首を傾げる。

「坂田からお前がこっちにいるんじゃないかって聞いたからさ。……これ、差し入れ」

「わ、ありがとう」

彼がぽいと投げてよこしたのは、自動販売機でも販売されているペットボトルだ。

寒河江に注意されてからというもの、響はあまり寮へは顔を出さなくなっていたために、こうしてゆっくり二人で話をするのはなんだか久しぶりだった。

自分の分の飲み物も一緒に持ってきた響は、テーブル前のパイプ椅子を無造作に引くと、どかっと腰を下ろしてボトルのキャップを開けた。

渡されたアイスティーのボトルに、彼方もありがたく口をつける。

「お前、なんかよく生徒会室の出入りしてるのを見かけるなと思ったら、ここんとこずっと生徒会の手伝いしてんだってな。……もしかして、次の生徒会役員にでも立候補するつもりか？」

「まさか。ひーちゃんまでなに言ってんだよ」

自分のとろさを昔から近くで見て知ってるくせに、とんだ思い違いをしている響に笑ってしまう。

「じゃあなんで、こんな金にもならない仕事を引き受けてんだ？　内申《ないしん》をよくするためにしたって、役員にならなきゃ箔《はく》もつかないだろ」

「ええっと…なんていうか。もともと俺は部活とか特にやってなかったし、放課後は暇だったんだよね。文化祭のときにちょっと手伝ったら、みんなすごく忙しそうで。もしちょっとでもなにか手伝えることがあったらといいなと思って…」

もともと生徒会役員は会長、副会長の他に、会計や書記、運動部長、文化部長などで成り立っている。だが夏休みあけに役員をしていた生徒が一人、家の都合で転校してしまったため、現在は書記の先輩が会計と事務もこなしていた。

そのため彼方も文化祭以後も簡単な雑務を手伝うことにしていたが、それは決して内申書のためではない。

「じゃあ……あとはやっぱり、アイツのためか？」

妙に含みのある問いかけに、ドキッとする。

「……アイツって？」

恐る恐る聞き返すと、響は『決まってんだろ』とふんと鼻を鳴らした。

「あのいけすかない、眼鏡野郎のことだよ」

――驚いた。

まさか響が彼方の気持ちを見透かしていたとは思わなかったため、とっさに声が出てこなくなる。

「お前さぁ…。もしかして、もしかしたらだけど。あんな男のことが好きとか…言わないよな？」

「えっ⁉ や、やだな。なんで急にそんなこと…」

笑って軽く流すつもりが、響は今日に限って一緒に笑ってはくれなかった。

珍しく真面目な顔でこちらをじっと見つめてくる視線に、いたたまれなくなってすっと視線をそらす。それだけで彼方の気持ちは、伝わってしまったらしかった。

「おいー…。マジなのか？」

少し困ったような響の声に、彼方はくしゃりと顔を歪めた。

寒河江から口止めされていたことを思えば、ここは強引にでも嘘を押し通すべきかもしれないとも思ったが、心配そうにこちらを見つめてくる眼差しの前では、どうしてもそれ以上の嘘は言えそうにもなかったのだ。

しばらく逡巡《しゅんじゅん》してから、こくりと小さく頷く。

自分から尋ねてきたくせに、響は彼方の返事にその唇を歪めると『…やっぱ、そうなのかよ』とがっくり項垂《うなだ》れてしまった。

「だーっ。もう…っ」

目の前のテーブルに頭をダンと打ち付けるようにして突っ伏した響を、きょとんと見つめる。

「あの、ひーちゃん…?」

「なんつーか、無茶苦茶悪い予感はしてたんだよな。……お前、俺といるときも寒河江先輩、寒河江先輩って、あの陰険《いんけん》野郎のことばっかり話してるし。あいつのことばっか目で追ってるし。こりゃもしかして…とはさぁ」

それでもやっぱり認めたくはなかったんだよな…と投げやりに告げた響に、彼方はどっと背中に汗を掻いていた。

そんなにも、自分の恋心ははたから見てもバレバレだったのだろうか。

寒河江のことを目で追うのは、もはやクセのようになっている。寒河江本人からも、以前冗談まじりに、『今度からお前には、一分いくらで金をとるか』とからかわれたことがあった。

　そんな彼方に、響はますます情けない顔をして深い溜め息を吐いた。

「しかしなんだってお前も、よりにもよってあんな陰険でおっかなそうなのを…」

「え、かっこよくない？」

　素直に褒《ほ》めると、なぜか響は『げ…』と低く呻きながら、ひどく心配そうな顔付きでこちらをまじまじと見つめてきた。

「彼方…お前、視力は大丈夫か…？」

「どうして？」

「顔がいいのは、まぁ認めてもいいけどな。ああいうのはかっこいいとはいわんだろ。あの年齢で、人をすでに二、三人は闇に葬《ほうむ》っていそうなあの目を見ろ。空恐ろしいことこの上ねぇっつーか」

　たしかに響を睨み付けるときの寒河江の目は据《す》わっていることが多いが、それは響が寮内に酒を持ち込んだり、タバコを吸ったりしているせいではないのか。

「寒河江先輩は子供の頃から武道をやってたらしいから、確かに迫力とかあると思うけど……でも優しいし、ときどきは笑ってくれたりもするよ？」

「目が笑ってねぇだろ！　目が！　それにあの顔でにっこりされたら、かえって怖いっつーか、鳥肌が立つっつーか」

「え？　そうかな」

『そこもカッコイイと思うんだけど…』と首を傾げると、なぜか響は遠い目をして『…ああ。なんつーか、今ようやく、お前の趣味が分かったような気がするよ…』と力なく呟いた。

「ひーちゃん？　どうかした？」

なぜ、そんなにも哀《あわ》れむような目で見つめられているのか分からない。

だが響は、『ははは…』とどこか渇《かわ》いた笑いを浮かべただけで、それに答えてはくれなかった。

「それより、お前さ……。もしかして…あの噂、知らないのか？」

それまでの冗談めかした態度はなりを潜《ひそ》め、ふと真顔になった響にどきりとする。

「噂って？」

「いや、アイツは…その……」

言いにくそうに唇を開いたものの、響は最後までその先を口にすることはなく、忌々《いまいま》しげに髪をかき上げた。

「もしかして…中園先輩のこと？」

響が気にしていることなんて、それぐらいしか思い浮かばない。

こちらから水を向けると、響は一瞬だけ目を開いて、それからふぅと大きく息を吐き出した。

「……なんだ。やっぱ知ってたのか」

どうやら響はそれがなにより気になっていたらしい。

寒河江の件で彼方が落ち込んでいないかと心配で、様子を見に来てくれたのだろう。

そういう人のいいところは、本当に子供の頃から変わってない。

「ひーちゃんこそ、そんな話よく知ってたね。もしかして⋯⋯裏新聞見たの？」

「ああ。宮センが生徒から没収してきたのをたまたま見つけてさ…。つーか、あの新聞もよく続くよなぁ。毎年毎年、誰が懲《こ》りずに作ってんだか」

彼が学生時代だった頃から存在していた裏新聞のことは、響も当然知っているらしい。

そこで取りざたされる記事内容は、たとえくだらなくとも、それなりに信憑性が高いものだということも。

いまだに真偽《しんぎ》のほどを確かめたことはないが、先日、中園が寝乱れた姿で寒河江の部屋から出てきたのを目にしたとき、彼方は胸の中に最後まで残っていた小さな希望がこなごなに打ち砕《くだ》かれた気がした。

それでも、寒河江のほうからはっきりと『別れたい』と言われない限りは、彼方からはなにも口にするつもりはない。

寒河江を初めて膝枕した夜に、それは彼方がこっそり決めたことでもあった。

多分、またふられることになったとしても自分が寒河江のことが好きなのは、変わらない。

ならたとえ今だけでも、傍にいたいと願ってしまうのは卑怯《ひきょう》だろうか。

「そのせいで、最近ずっと暗かったのか？」

聞きながら、ちらちらとこちらを心配そうに見つめる横顔に、ふっと笑う。

「別に……そういうわけじゃないけど。心配させちゃったならごめん」

彼方が自分の気持ちを隠して微笑むと、響は『ああ…くそっ』と髪をぐしゃぐしゃにかき混ぜながら、再びまっすぐ向きなおってきた。

「いいか。彼方。ああいう男には最初から近寄らないのが正解なんだ。だからお前がそんな風に落ち込む必要なんか、ちっともないんだからな」

慰めてくれているつもりなのか、突然力説を始めた響に目を瞬かせる。

「もしもあれと付き合ったりしたら、そりゃもうとんでもなくねちっこくて執着《しゅうちゃく》的な恋人になってたぞ。どうせああいう男はとんでもないサディストで、気にいった者ほどいたぶっては苦しむ姿を楽しむようなタイプなんだ」

「それは…ひーちゃんの思い過ごしだと思うけど。ひーちゃんは寒河江先輩のこと、まだよく知らないし…」

さすがにそれは言いすぎだろうと思ったが、響は真顔のまま『いいや』と首を振った。

「断言できるね。ああいう手合いには関わらないほうがいいんだ。悪いことは言わないから、あの男の傍には寄らずに範囲5メートルは避けて歩いとけ。な？」

「でも…」

生徒会の手伝いもあるのに、そんなことできるはずもない。

そんな彼方の困惑を敏感《びんかん》に察知したのか、響は小さく咳《せき》払いしたあとでさらに続けた。

「もし。もしもだ。お前がどうしても何かの用であの男に近付かなきゃいけなかったとしても、気軽に二人きりになったり、背を抱かれたりとかすんなよ。お前のその世間知らずっぷりじゃ、憧《あこが》れついでにあっと言う間につるりと剝《む》かれて、美味しくいただかれましたなんてこともありえそうだからな。少しは自覚を…」

「え…っ」

きわどい話題をふられて、耳の裏までカッと赤くなる。

響の言葉に深い意味はないと分かっていたが、まるであの日のことを見透かされたような気がして、顔が熱くなるのが止められなかった。

「彼方……お前、なんでそこで赤くなるんだ?」

だがそんな彼方の変化に、響もめざとく気が付いたらしい。

「……え、えっと…」

「ま、まさか。まさかそんなのは考えたくないけど…。いやでも、まさか、お前…その。もう…寒河江と…?」

両肩をがっしり摑まれながら見つめられて、仕方なくつつつ…と視線を逃がす。

「や…。ええっと、その…なんていうか……」

彼方はもともと嘘がうまいほうではない。

この場をうまく誤魔化さなくてはと思いはしたものの、結局のところ、うまい言い訳などなにも思い浮かばずに、彼方はますます赤くなって俯いた。

「う…嘘だろーっ。たのむから嘘だと言ってくれ！」

そうは言われても、たった一度きりとはいえ、過去にあったことを今さらなかったことにはできない。

そんな彼方に響はますます絶望の声をあげると、両手で自分の頭をがしっと抱え込んだ。

清らかさんだと思っていたはずの弟分が、いつの間にか大人になっていたことが、響にはどうやらかなりこたえたらしい。

「あの…ひーちゃん？」

頭を抱え込んでいる幼馴染みを放っておけずに、恐る恐る声をかける。

響はしばらくそのまま机に突っ伏していたが、やがてなにかを決意したようにむくりと起き上がると、彼方の腕をがしっと摑んできた。

「……出るぞ」

「え？」

「ここを出るって言ったんだ。今からでも遅くない。ともかく一番近い立住のマンションにでも、今日は置いてもらって…」

「ちょ、ちょっと待ってよ。どうして急に…？」

「別に急な話じゃないだろ。お前だって、中園と寒河江が付き合ってるって話を知ってたんなら、いつまでもここにいる必要もないしな。……しっかし、あの野郎。気にいらないやつだとは常々思っていたけど、お前の一途《いちず》さにつけ込んで身体だけ弄《もてあそ》ぶなんて、どこまで下劣《げれつ》なやつなんだっ。なにが寮長だ！　あんな人間が仕切ってる寮なんかに、お前をこのまま置いておけるかっ！」

「違…！　それ、違うから」

響が自分を寮から連れ出すつもりだと知って、ぎょっとする。

その言い分から察するに、響はかなり寒河江とのことを誤解しているとしか思えなかった。

「なにが違うって言うんだ。アイツが最低の二股野郎だってことは確かだろ。いいから、必要なものだけすぐ荷造りしろ。立佳のとこまで送ってく。着替えとか他にいるものなら、あとから坂田にでも送ってもらえばいいから」

「ちょ…と、待って！　本当にそんなんじゃなくて…っ」

「彼方は俺の言うことを、大人しく聞いてればいいんだ。ほら、さっさと…」

連れていかれそうになるのが嫌で、摑まれたままの腕を思いきり引き寄せる。

響の手を振り払う形になってしまったことに慌てたが、だからといってこのまま響の言うとおり、大人しく寮を出るわけにはいかなかった。

「彼方、お前…」

手を振り払われたことがショックだったのか、青ざめた顔をしてこちらを見つめている響に胸が痛んだ。

「ひーちゃん。ごめん。でも俺…」

口を開きかけたそのとき、バターンとひときわ大きな音が響きわたって、生徒会室の扉が開かれた。

驚いてはっと音のしたほうへ顔を向けた彼方は、現れた男の姿を見つけて息を飲む。

「寒河江先輩…」

どうやら会議室で行われていた他校との会議は、無事終了したらしい。

突然の侵入者にびっくりして固まったまま動けずにいる二人のもとへ、寒河江はすたすたと歩み寄ってくると、当然のように彼方の肩を抱き、ぐいと抱き寄せた。

そのまま寒河江の胸の中にすっぽりと収まってしまう。

あっけにとられて声も出ないでいる彼方の代わりに、『お、お前！　勝手になにしてるんだっ』と声をあげたのは、響だった。

「そちらこそ。勝手をされては困りますね」

「なに？」

「なにを大声で言い合ってるかと思えば、余計なことをぺらぺらと。申し訳ありませんが、人のものを勝手に寮から連れ出そうとしたり、あることないこと吹き込むのはやめてくれませんか？　いい迷惑です」

寒河江の声が、夕暮れどきの生徒会室の中で静かに響きわたる。

決して声を荒げてはいなかったが、いつもよりもその声が低く抑えられている分、かえって凄《すご》みが増しているような気がしてしまう。

寒河江は響に向かってにっこりと笑いかけてはいたが、なぜかその瞳だけは射殺すみたいに鋭く尖《とが》っているのに気が付いて、彼方はこくりと唾を飲み込んだ。

絶対零度の眼差し。なのにその中にぞくぞくとした色気のようなものを感じて、こんなときだというのにぽーと見惚れてしまう。

「寒河江！　お前は彼方から手を離せ！　この最低男！　本命が他にいながら、人の純情を弄ぶような真似《まね》しやがって…っ。お前のようなやつの傍に、彼方を置いておけるかっ！」

寒河江の視線にひるみながらも、このままにはしておけないと叫んだ響の声に、彼方ははっと我に返った。

――違う。やっぱり響はなにかを誤解している。

寒河江は彼方を弄ぶような真似なんかしていない。それを言うなら、むしろ……。

「ひーちゃん。それ…違うよ」

「なにがだっ。この男は世間知らずなお前を、お前を騙してだな…っ」

「寒河江先輩は、騙してなんかない！」

そうではない。

寒河江は傷付いた自分を放っておけず、慰めてくれただけなのだ。

差し出されたその手にずっとのっかっていたのは、むしろ自分のほうだった。

「彼方。なに言ってんだよ。いいから、お前は俺と一緒に寮を出よう。な？　コイツのことは下級生への虐待《ぎゃくたい》行為で訴えてやるから」

訴えると耳にした途端、全身から血がざぁっと下がった気がした。

「やめてよっ！」

目の前が真っ暗になって、気が付けば彼方は力の限りそう叫んでいた。

「そんなことしたら、俺がひーちゃんを許さないから…っ」

「……か、彼方…」

寒河江の制服の裾《すそ》をぎゅっと握りしめ、彼方はキッと顔を上げた。

これまで可愛がっていた弟分から激しく睨み付けられたことに、響はひどくショックを受けているようだったが、今はそんなことに構っている場合ではなかった。

「俺は騙されてなんかないよ…っ。もし、もし訴えられるっていうなら、それは俺のほうなんだし…っ」

「ああ？　なんでお前が…」

「俺…、俺は知ってたのに。それでもなにも言わなかった。そうやって……寒河江先輩の優しさにつけ込むみたいにして、美味しく食べちゃったのは俺のほうなんだ。だから…先輩は悪くなんかないんだよ…っ」

そう言うと『ごめんなさい…っ』とわっと泣き出した彼方の爆弾発言に、なぜか生徒会室の空気が、いっきに5度くらい下がった気がした。

シーンとした重苦しい沈黙が、部屋の中を満たしていく。

「お、お前…お前が？」

震える声で問いかけてきた響に、彼方は溢れてくる涙を手の甲で必死に拭《ぬぐ》いながら、こくこくと頷いた。

「その…本当に？」

念を押されて、もう一度。

その途端、響はなぜか世界の終焉《しゅうえん》を目にしたような、なんとも形容しがたい表情で彼方を見つめた。

「こ、こんなデカイ男を…お前が、お、美味しく？　美味しくって…」

「……なにやら誤解があるようなので言っておきますが、俺は別に下になった覚えはありませんので」

「そ、そうか…」

彼方の肩を抱いたままことの成り行きを見守っていたらしい寒河江が、一応の注釈《ちゅうしゃく》を入れると、響はほっとしたように胸を撫で下ろした。

「いや、一番の問題はそこじゃねーだろっ!」

が、すぐにハッと我に返って声を荒げた。

そんな響の前へ、彼方は飛び出すように立ちふさがった。

「ごめん。ひーちゃん。俺、寒河江先輩のこと…どうしても好きだったから…っ」

武藤に襲われたとき、彼方は寒河江の部屋まで運んでもらいながら、その首筋にきつくしがみついていた。今から思えば、あれは無意識の誘惑《ゆうわく》だったんじゃないかと思う。

なんだかんだ言いながらも面倒見のいい寒河江が自分を突き放せないことを、たぶんどこかで本能的に感じとっていたのだろう。

そうやって自分は慰められるふりをして、寒河江を手に入れたのだ。

「でも俺、本当にあのときは、まだ中園先輩のこととか…知らなくて…っ」

「……は?」

彼方の声に、一瞬遅れて不審げな声が頭の上から降ってくる。

「ううん…。知ってたとしても、それでも俺…っ俺、慰めてもらえて…嬉しかったから…」

寒河江が中園とよりを戻したのかもしれないと気付いたあとでも、なにも知らないふりをした。

本当は、自分のほうから身を引くべきなのかもしれないと思いつつも、寒河江がなにも言わないのをいいことに、気が付いてないふりをしたのだ。

騙して相手を手に入れたというのなら、彼方のほうこそ責められるべきだろう。

だがもう一度『ごめんなさい』と掠《かす》れた声で小さく謝った彼方の言葉を、なぜか気むずかしい顔で『ちょっと待て』とストップをかけたのは、とうの寒河江本人だった。

「……さっきからなんでそこに中園が出てくるんだ？」

「え…だって、先輩たちって…」

寒河江はいまだ涙を零している彼方をまじまじと見下ろしたあと、ふいになにかを察したように『まさかお前……』と、激しい目眩を覚えたように右手で顔を覆った。

「お前、まさかとは思うが、それ……裏新聞の話じゃないだろうな？」

「え…？」

他になにがあるのかと、涙を浮かべたままの目でぱちくりと見上げる。すると寒河江はさらにぐったりと力尽きたように、彼方の肩へと体重をかけてきた。

「せ、先輩？」

寒河江がいったいなにに項垂れているのかが分からず、首を傾げる。

「そうだ！　お前っ、中園とのヨリを戻していながら、うちのかなっぺにまで手を出すなんて、ふざけたことを…っ」

「はぁ？　なにを言ってるんです？」

だが追い打ちをかけようとした響に、寒河江はむくりと身体を起こすと、不機嫌さを隠さぬ低い声で、『寝言は寝てから言ってください』とピシャリと言い放った。

「言っておきますが、あれとは別に付き合ってはいませんから。余計な入れ知恵を彼方にするのはやめてください」

とんでもないことをさらりと告げられたような気がしたが、あまりにあっさりとしていたため、真実味がなく呆《ほう》けてしまう。

「え…っ？」

今、寒河江はなんて言ったのだ…？

「おい…彼方。どうしてお前がそこで驚くんだ」

「え？　えっと…あれ？」

寒河江はそんな彼方を見つめて、ひどく嫌そうに顔をしかめた。

「それから、もう一つ」

「な、なんだよ…っ」

「これはあなたのではなく、俺のですので」

言いながら、寒河江は彼方の腕を再びぐいと強く引き寄せると、その胸元へぎゅっと押しつけてきた。

見せつけるかのように降りてきた唇が、彼方の頭のてっぺんにそっと触れてから離れていく。

髪にキスされたのだと気付いたのは、しばらくたってからだ。

瞬間、ぼっと全身が燃えるように熱くなった。

「こ、この…っ。この期《ご》に及んで。お前、そんな嘘が通るとでも…！」

「別に嘘じゃありませんよ。第一なんで俺が好きこのんで、あの破綻《はたん》しまくった人格を見た目と家柄だけで誤魔化しているようなボケ男なんかと、この俺が付き合わなくちゃいけないんですか。いくら金を積まれてもゴメンです」

心底うんざりとしたようなその声は、ひどく刺々《とげとげ》しかった。

恋人に対するコメントとはとても思えないような中園への酷評に、響が彼方とともに固まっているのを見て、寒河江がふっと笑ったような気配がした。

「もしも…俺と水谷が本気で付き合ってるということを、狩野先生が納得できないというのなら…、仕方ありませんね」

「仕方ないって…」

口元だけで蠱惑《こわく》的に笑った寒河江の指先に、ぐっと力がこもるのを感じた。

「彼方…」

耳元で囁かれた声に、ぞくぞくした甘い痺れを感じる。『ひゃ…』と小さく声をあげると同時に、くいと指先で顔を上げさせられた。

すぐ目の前に憧れてやまない綺麗な顔があって、彼方はその大きな目を潤ませる。

眼鏡の奥の、寒河江の涼しげな瞳に吸い込まれそうだ。

目を離すことなどできなくて、じっと見つめているうちに、その影が近付いてくるのを感じた。

――あ。キス…される。

そう頭では分かっていても逃げる気は全く起きず、ごく自然に寒河江の唇は彼方のそれと重なった。

久しぶりのキスに、息ができないほど胸がじんと熱くなる。

「な、なななにをやっているかーっ！」

一瞬の沈黙ののち、響が激しく狼狽《ろうばい》したような声をあげていることに気付いて、彼方ははっと身を離しかけたが、それは首の裏側に添えられた手によって阻《はば》まれてしまった。

もう一度ぐっと引き寄せられ、今度はより深くその唇と重なり合う。

「せんぱ……」

さすがにこれ以上はどうかと思い、控《ひか》えめに声をあげてみたものの、反対に少しだけ開かれた唇の隙を狙うように熱い舌がするりと入り込んでくるのを感じた。

寒河江の腕を摑んでいた指先がびくっと跳ね、シャツに濃い皺《しわ》を作る。

舌を絡ませながら、強く吸われて目の前がチカチカした。

舌を引っ込ませようとすると、カリと軽く歯を立てられ、さらに奥まで角度を変えて貪《むさぼ》られる。

今までした中で一番、濃厚なキスのような気がした。

甘くて、全身が蕩けてしまいそうになるようなキス。

さんざん彼方の舌や唇を堪能《たんのう》したあと、寒河江の唇はゆっくりと離れていった。

最後にもう一度だけ、下唇をその舌でぺろりと舐めとられた瞬間、ぞくぞくとした甘い痺れが腰から背骨にかけて這《は》い昇っていくのを感じた。

「は…ぁ」

思わず甘やかな声が零れてしまったのは、決して意図《いと》してのことではない。

――キ、キス、しちゃった。

今さらながらに、そんな言葉が頭の中を駆けめぐる。

響がいると分かっていたのに、寒河江に求められた瞬間、彼方の頭の中はなにも考えられなくなっていた。

舌をきつく吸われたときには頭の中が真っ白になってしまい、ただもらえるその甘い感触に夢中になって…。

じんじんとしている唇を、そっと手の甲で拭う。

寒河江の腕に支えてもらっていなければ立ってもいられない彼方を見下ろして、寒河江はなぜか満足そうな顔でにっこりと微笑んだ。

さすがに響に合わせる顔がない。

彼方は真っ赤になって俯いたまま、寒河江の背後に隠れようとしたが、それは腰を抱いた寒河江の腕が許さなかった。

「で、どうしますか？」

響に向きなおった寒河江が、慇懃無礼な態度で軽く首を傾げる。

「はぁっ？　お、お前…お前なっ、人前でとんでもないことしておいて…っ、な、なにをのうのうと…っ！」

他人のキスシーンを、たっぷり一分以上は見せつけられることになった響は、怒りのためか、羞恥のためか、ぷるぷるとその肩を震わせている。

そんな響に向かって、寒河江はさらに追い打ちをかけるかのように、彼方の腰をぐっと引き寄せた。

「俺はこのまま証明してみせてもいいんですが。普段、俺がどれだけ優しく彼方を大事に扱ってるかをね」

言いながら、尻のあたりをその大きな手のひらにするりと撫でられる。

『…ん』と小さく漏れてしまった声の甘さに、彼方はますますいたたまれなくなって、寒河江の胸元に顔を隠すように寄り添った。

「おおおお前っ！　どこ触っていやがるっ。ていうかいい加減に、彼方から離れろっ！　このセクハラ野郎！　だいたい、そんなものをどう証明するって…」

「ですから、今みたいに一から実践《じっせん》込みで説明してみせましょうかと聞いたんです。もちろん、見物料はちゃんといただきますけどね」

言いながら寒河江はすかさず、もう一度彼方の髪へと口付けを落とした。

愛《いと》しげな仕草《しぐさ》でくしゃりと前髪を撫でられると、それだけで彼方はもうそこから動くこともできなくなってしまっていた。

「寒河江…先輩…」

ぽーとした顔で見上げると、なぜか魅惑《みわく》的な微笑みを返されて、それに激しい動悸を覚える。今ならば、どんな無理難題でも従ってしまいそうだった。

ちらりと横に視線を走らせると、なぜか響までもが、やけにそわそわとした様子で視線を漂わせていた。

どうやら激しく狼狽しているらしい。

「最後まで見ていきますか？　――それとも、証明写真でも撮《と》りましょうか。いつかみたいに」

柔らかい彼方の髪を指先で弄びながら、寒河江がなんとはなしに続けた台詞に、それまであたふたとしていた響が、なぜかピタリと凍りついたように動かなくなった。

「お、お、おおお前……ま、まさか…なんの、は、話を…」

なにやら響の様子がおかしい。

その唇から零れる声は、今までのものとは打って変わって、ぎくしゃくしたものになっている。

先ほどまで怒りで真っ赤に染まっていたはずの顔からも、なぜか今は血の気が引いて、紙のように白かった。

よく見れば、その肩も小刻《こきざ》みに震えているようだ。

「……ひーちゃん？」

そのあまりの変わりように驚いて、彼方が『どうかしたの？』と尋ねても、響は口をパクパクさせているだけでなにも答えようとはしない。

そうして、目の前の寒河江を信じられないといった顔つきでじっと見つめていた。

そんな響に寒河江はにっこり微笑むと、なにやら制服の胸のポケットから一枚の紙片を取り出した。

「いえ、過去にもいらしたみたいなんですよね。ここで恋人証明をしてみせた熱烈なカップルが。そのときの秘蔵写真が……ここに一枚」

取り出したそれを寒河江が彼方の頭の上でヒラヒラとひらめかせていたため、よくは見えなかったが……なにかの写真だろうか？

「わ――――――っ」

だが、その紙片が取り出された瞬間、響は大声をあげてそれを寒河江の手から素早く抜きとった。

そうしてぐしゃぐしゃに小さく握りしめると、今すぐ抹消《まっしょう》するかのごとく、着ていたズボンのポケットに無理矢理押し込めてしまう。

「お前…、お前っ！　こんなものをっ、いったいどこで…」

「いえ。たしか……五代前でしたっけ？　水谷立佳会長がこの生徒会にいたのは…」

「え…兄ちゃんの話？　っていうか、なんではる兄のことを寒河江先輩が知ってるんですか？」

突然、脈絡《みゃくらく》もなく飛び出てきた長兄の話題に首を傾げる。

確かに立佳は鷹ノ峰の出身であり、彼が学生時代だった頃は生徒会役員として活躍していたことを彼方も聞いてはいたものの、すでに五年も前に卒業してしまったＯＢのことなど、寒河江がよくも知っていたものだと思う。

そんな彼方の疑問に答えるように、寒河江は『うちの生徒会は代々仲がいいことで有名でね。……卒業後もいろいろなパイプがあるし』とにっこり微笑んだ。

「それに情報源なら他にもありますしね。……裏新聞などという、根も葉もない噂話をいちいち本気にして余計なところへ口を挟《はさ》む前に、この程度の証拠《しょうこ》はちゃんと用意したほうがいいんじゃないですか？」

「く…」

淡々と続ける寒河江に、響はぐうの音も出ない様子で、がっくりと項垂れている。

響が寒河江になにも言い返さずにいるなんて初めてのことで、そのことに彼方としてはかなりびっくりした。

「あの、ひーちゃん？　……大丈夫？」

「な、なんでもない。なんでもないから」

あまり尋常とは言えないその様子に彼方がそっと声をかけてみても、響はぶるぶると肩を震わせているだけで、その顔を上げようとしなかった。

「寒河江先輩…？　さっきのってなんだったんですか？」

いったい響になにを見せたのだろうかと不思議に思って寒河江を振り返ってはみたが、寒河江はいつものポーカーフェイスのまま、『さぁ。狩野先生に聞いたみたらどうだ？』と笑うだけで、答えてくれそうにもなかった。

ただその唇の端が、いつもより機嫌よく上がっているように見えたのは、彼方の気のせいだろうか？

「……彼方」

力の抜けた響の声で名を呼ばれて、慌てて振り返る。

「はい？」

「俺、俺は……急に腹痛になったみたいだから。……一人で帰るわ」

突然、そう告げてすくっと立ち上がった響に、彼方は再び目を見開いた。

「え、ひーちゃん？　急にどうして…」

「……いや。悪い。……なにもかも、俺の誤解だったみたいだしな。だから、証明はもういらないから。お前は……その、あまり無理しないようにだな。……寒河江君に、寮にでも……送ってもらいなさい」

言いながら、響はちらりと寒河江のほうへ視線を走らせると、『くっ…』と拳を握りしめた。

そうしてまるで逃げるように、そそくさと生徒会室から去っていく。

その後ろ姿を止めることもできず、彼方はただぽかんと見送っていた。


「さて。ちゃんと話を聞かせてもらおうか」

響が消えた生徒会室の中で、寒河江からにっこりと微笑まれた彼方は、なぜか背筋に冷たいものが伝うのを感じて唇を引きつらせた。

――どうしてだろうか。

寒河江は笑ってくれているのに、いつも二人でいるときにこっそり見せてくれたあのドキドキする笑みとは、まるで違う気がする。

今ならば『あの目で笑われたらかえって怖い』とぼやいていた響の気持ちが、少しだけ分かるような気がした。

寒河江は荷物を手早くまとめると、彼方の腕を摑んだまま早々に学校をあとにした。

もともと逃げるつもりはなかったけれど、しっかりと摑まれた腕に妙な拘束《こうそく》を感じてしまう。

寮へ着いてからも、部屋に一度戻って鞄を置いてくることすら許されず、引きずられるようにしてまっすぐ寮長室へと向かう。

部屋に足を踏み入れた途端、寒河江が扉に鍵をかけるカチリという音が、深く耳に響いた。

「……で？　誰がいったいなんだって？」

扉との間に彼方を挟むようにして両手をついた寒河江に、身を竦ませる。

理由はよく分からなかったが、眼鏡の奥の視線がひどく苛立っていることだけは伝わってきた。

「なにっていうのは…?」

「お前は、俺になにか聞きたいことがあるんじゃないのか?」

問いかけられて、ぱっとある事実が頭に浮かぶ。

「あ……そうだ! 先輩、さっき……その、中園先輩とは付き合っていないとか…、そんなこと言ってませんでしたか?」

先ほどは驚いているうちに、響と寒河江の言い合いになってしまって聞き返すこともできなかったが、たしかに寒河江はそう口にしていたはずだ。

祈るような気持ちで問いかけた彼方に、寒河江はだからなんだというように、『ああ』とあっさりと頷いた。

「それが?」

「……そ、それって…本当ですか?」

「こんなことで嘘を言って、どうするんだ」

確かにそうなのだが。

じゃあ親密そうに背を抱いていたあの写真や、朝早くにこっそりと部屋から出てきた中園の姿はなんだったのか。

そのことについて問いかけてみたい気もするのに、喉の奥に声が貼り付いたみたいにうまく出てこない。

そんな彼方に寒河江ははぁっと大きく溜め息を吐くと、こめかみのあたりを指で押さえた。

「……ならちょっと聞くがな。俺は確か、お前と付き合ってるんじゃゃなかったのか？」

有無を言わさぬような強い声で問われて、慌ててこくこくと頷く。

「そ…そうです、よね？」

つい語尾上がりになってしまったのは、そこまではっきりと言える自信がないからだ。

それに寒河江は唇をピクッと引きつらせると、さらにぐいと顔を近付けてきた。

わ…近い。

「なら、どうして俺が中園とどうとかいう話になるんだ？　……もしかして、お前は俺が二股をかけて楽しむような、そんな男だと思ってたってことか？」

「そ、そういうわけじゃ、ありませんけど…」

寒河江のことを頭から信じていなかったわけではない。

ただ自分とはあの日以外、ささやかなキスくらいの接触しかなくて、とてもまともに付き合っているとは言いにくい状況だったのだ。

そんな中、もしも寒河江の心が以前付き合っていた中園に再び向いてしまったというのなら、仕方がないのかもしれないとは思ってしまった。

それでも諦《あきら》めきれずに、結局は自分からその事実を問いただしてみることもできなかったけれど。

「あの……実はこの前、中園先輩が…朝、この部屋から眠たそうな顔で出てくるのが見えて…。だから、ちょっとだけもしかして…って」

「出ていくところを見たって…、お前、部屋の前まで来てたのか？」

問われて、こくりと頷く。

「そんな時間に、いったいなんでまた」

「先輩に……その、会いたくて。朝早くからだとご迷惑かなとは思ったんですけど……。どうしても放課後まで待てなくて…」

言いながら頬が熱くなってくる。これではまるで、ストーカーみたいだ。

でもできれば持ってきてくれた本のお礼が言いたかったし、あんな風にケンカしたままの状態で寒河江とダメになったりしたくなかった。

なによりも、その顔が見たくて忍んで来てしまったのだと正直に吐露《とろ》すると、寒河江はなぜか口元を手のひらで押さえるようにして、『そうか…』と呟いた。

もしや呆れられてしまったのだろうかと焦ったが、どうやらそういうわけではないらしい。

寒河江はなんだか怒っているというよりも、喜んでいるのを我慢しているようにも見えたからだ。

その口元も少しだけにやついているように見えたのは、気のせいだろうか。

思わずじっと顔を見つめていると、寒河江は一つゴホンと咳払いをしたあと、『あのな…』と口を開いた。

「これは、ここだけの話にしといてほしいんだが」

「はい」

「中園は、脱出魔だ」

「え…？」

言葉の意味が分からず、きょとんとしてしまう。

「この角部屋は一階だし、窓から出入りするのに格好の位置にあるからな。まさか模範《もはん》となるべき生徒会長が自ら門限破りと、脱走の常習犯だなんて、知られるわけにはいかないだろうが」

だから仕方なく、窓の鍵開けをしてやっているのだと不本意そうに説明されて、そこでようやく彼方も寒河江の言葉の意味を理解した。

つまり中園はこの部屋を、出入り口として使用しているということらしい。

「中園先輩は、そんな時間にどこへ…？」

ここは山の孤島《ことう》とも呼ばれる、辺境《へんきょう》だ。街に行くにはバスか自転車を利用するしかない。そんな中をこっそりと抜け出して、中園はいったいどこへ向かっているというのだろうか。

「さぁな。なんとなく想像はつくが、アイツがこっそり抜け出してはどこへ行ってるかなんて、俺は知りたくもないね」

人を叩き起こしておきながら鼻歌まじりに帰宅されると、ときどきその首を絞めてやりたくなるけどなと、低くぼやいた寒河江の言葉に、なぜか背筋にぞっと冷たいものが走る。

その不穏な眼差しを見ていたら、あまり軽い冗談には聞こえなかった。

「点呼後の脱走なんて、決して褒められたもんじゃないのは分かってるが、あの性格破綻者がそれで大人しく寮生活を送れるって言うなら、黙ってるさ」

「はは…」

しらっとした顔でとんでもないことを呟く寒河江に、彼方は渇いた笑みを浮かべた。

「あの…、さっきも中園先輩のこと、そんな風に言ってましたけど…」

「好きな人と会えなくなるぐらいなら、いっそ三階の窓から飛び降りたほうがマシだと騒いで実行するような人間は、とてもまともとは言えないだろ」

「……え…?」

それってどういうことですかと聞き返したくなる言葉を、彼方はぐっと飲み込んだ。

――深くは考えまい。

今だってかなり危うい台詞を聞いたばかりだ。これ以上、余計なところに首をつっ込むのはなんだかまずい気がした。

つまり話をまとめると、寒河江と中園との間に恋愛関係はまるでなく、それどころか糸の切れたタコみたいにふらふらしている彼を、寒河江はしぶしぶ監視しているということになるのだろうか。

「じゃあ…、その、本当に？」

囁くような声で確認すると、迷いもなく顎を引いた寒河江に、瞼《まぶた》が震えた。

「…中等部から、ずっと付き合ってたというのも…」

「ありえない。というか、考えたくもない」

激しく嫌そうにそうきっぱりと吐き捨てられた瞬間、中園には申し訳ないが、彼方は深い安堵に包まれていた。

同時に、熱い喜びが喉の奥から込み上げてくる。

ここのところずっとそこにつかえていた重石が、ふいに溶けてなくなったみたいに、心が軽くなっていた。

なら本当に、寒河江は自分一人のものなんだ……。

そう思ったら、足下から力が抜けていき、彼方は扉に背を当てたままずるずるとその場にへたり込んでしまった。

膝を抱えるようにして、そこに顔を埋《うず》める。

「おい…」

どうしたのかと彼方の腕をとる寒河江の手のひらにすら、身体が震えて仕方なかった。

「よかった…」

心からの呟きとともに、堪《こら》えきれずに目から熱いものが滲んでくる。

思わず鼻をすすると、寒河江は困ったように眉を寄せつつも、その手をぐいと引いて彼方を立たせてくれた。

そのまま引き寄せられて、寒河江の胸に顔を埋める。

密着した身体が温かくて、それにもまた泣けてくるから困ってしまった。

「だいたいな。そんなに泣くほど心配だったなら、なんでまず俺に聞きに来ないんだ。お前はちょっとそういうところが、そっけなさすぎやしないか?」

「……え?」

なぜか溜め息まじりに苦情を言われた気がして、目を丸くする。

「点呼の時間になる前に、そそくさと部屋へ戻るしな。たまには帰りたくないとか言ってみたらどうなんだ?」

「そ、そんなこと…」

言えるはずもなかった。

寮長である寒河江の迷惑になると分かっていながら我がままを言うなんて、彼方にはかなり高いハードルだ。

だが実は、寒河江も夜寝る前の逢瀬《おうせ》だけでは短すぎると思ってくれていたのだと知れたことは、かすかな驚きと同時に彼方に大きな喜びももたらしてくれた。

恋人から我がままを言われるのは、ときとして嬉しいのだということも。

「お前がそれじゃ、こっちはろくに手も出せやしない」

冗談めかして言われた言葉に、彼方は再びポカンと顔を上げた。

「……おい。なんでお前は俺がこういう話をするたびに、『考えたこともありませんでした』って顔をするんだ…？」

途端に眉をひそめた寒河江が、口元をかすかに引きつらせているのが見える。

「いえ…でも、先輩…ぜんぜん、キス以上のことはしなかったから。……もしかして、一回目が不評だったから、もう二度目はないのかもって思ってたから…」

それでも自分は構わなかった。

寒河江と抱き合えないのは切ないが、キスとハグだけでも十分に幸せな気分になれたし、やはりこんな真っ平《たい》らな男の身体では、そう抱き心地もよくなかったのだろうと半ば諦めてもいたのだ。

だがそんな彼方の心境に、寒河江は『ほぉ…』とどこか遠い目をして、視線をそらした。

「つまり、お前のためにと思ってしていたことが、ことごとく裏目に出ていたと」

「え？　俺の…ため？　ですか？」

訳が分からず小首を傾げると、寒河江は再び腹の底から、それはもう深い深い溜め息を吐き出した。

「……もういい。分かった。らしくもなく、いろいろと遠慮してるとバカを見るんだってことが、これでよーく分かったよ」

なにやら腹を括《くく》ったのか、言いきったその目が妙に据わっている。

「…えっ？」

寒河江は彼方の身体をそのまま引き寄せると、ぽいとベッドの上に放り投げた。

反動をつけて軋《きし》んだベッドの上に、膝を立てた寒河江が乗り上がってくる。

制服のタイをシュッと抜かれながらも、彼方は突然の展開についていけずに、ただぱくぱくと口を閉じたり開いたりするばかりだ。

「一度目はなんだかなし崩しだったからな。これでもお前が慣れるまで、次はじっくりゆっくり丁寧《ていねい》にするつもりでいたんだよ。お前はまだ、俺が触るたびにびくついてたしな」

「ち、ちが…っ」

「なにが違うんだ？」

下手な言い訳は許さないといった視線で、上からじろりと睨み付けられて、彼方は慌てて首を横に振る。

その間にもぽつぽつと寒河江の器用な指先は、彼方の衣服のボタンを外していった。

「寒河江先輩に触られて、嫌だなんて思ったこと、ないです」

嘘ではない。

今だってこうしてその手に触れられているだけで、そこから蕩けてしまいそうなほど心地いいのだ。

「ただ、どうしても緊張するので…」

「緊張？」

「す、好きな人に触られたり、触ったりするときって、すごく…緊張しませんか？」

寒河江にそうしたことにも慣れているのかもしれないが、自分はいまだに彼に触れるだけで、かなり緊張する。

寒河江に膝枕をしていたときだって、本当は心臓がとび出そうになるくらいにどきどきしていたのだ。

耳まで朱《しゅ》に染めながら正直な感想を告げた彼方に、寒河江は思いもよらなかった言葉を聞いたと言わんばかりの顔で、目を瞬かせた。

そうして、ぶぶっと思いきり吹き出す。

「え？　……え？　俺、なにかおかしなこととか言いましたか？」

「……いや」

否定しながらも、やっぱり笑うのを止めない寒河江に焦ってしまったが、そのまま唇を寄せられると、そんなのはもうどうでもよくなっていた。

「確かに……緊張するな」

キスの合間に、寒河江でもそんな風に思うことがあるのかとかすかに驚く。

「……先輩も…？」

寒河江はそれに答えなかったが、その目が柔らかなカーブを描《えが》いた。

ぎしりと重なってきた身体の重みに、息を止める。

恋しい相手と触れ合うと、全身に鳥肌が立つみたいに緊張が走る。

だけど嬉しい。嬉しくてもっとと求める心がある。

その気持ちに急《せ》かされるように、彼方は寒河江の首筋に自分からきゅっと抱きついた。


キスの合間に、全ての服を落として素肌を重ねる。

それだけで心臓が口から飛び出そうなぐらいドキドキしていたが、同時に信じられないぐらい、ほっともしていた。

離れていた大事なものが、ようやくこの手の中にもどってきたような、不思議な感覚。

しかもそれが、今や自分だけのものなのだ。

自分の身体とはまるで違う、筋肉の浮いた腕のラインにそっと手を這わせると、上にいた男がくすぐったそうな声をあげた。

「あ…っ、すみません」

「別に、好きに触ればいい」

引きかけた彼方の手のひらを自分の胸に押し当てた寒河江は、『すぐ謝るなって言っただろう』と言いながらも、なぜか上機嫌で笑っていた。

あ……。

手のひらにトクトクと伝わってくる心音は、寒河江にしてはかなり早めに脈打っていて、それにくらくらとした目眩を覚える。

寒河江も自分に触れて、同じくらい興奮や緊張をしているのだと思ったら、泣けてしまいそうで、彼方は慌てて俯いた。

「どうした？」

囁かれても答えられずにぷるぷると首を振る。

「いえ……」

恥ずかしいのであまり見ないでくれとは、言い出しにくかった。

できれば電気だけでも消してほしかったが、まるでその気がないらしい寒河江に、彼方はぷるりと太股《ふともも》を震わせた。

自分と寒河江では、身体つきからしてかなり違う。

武道をやっているせいなのか引きしまった身体を持つ彼とは違って、自分はただひょろりと細くみっともないだけのような気がしてきて、その目に晒されるのが怖かった。

……筋トレとか、したほうがいいのかな。

そんな馬鹿らしいことを本気で悩むのは、それだけ相手に好かれたいからだ。

振り向いてもらえなくていい。ただ好きでいられればいい。

そう思って始めた恋だけれど、いつの間にかもっと傍にいたくなって、もっと好きになってもらいたいという気持ちが芽生《めば》えている。

「いつ見ても、細い腰だな…」

「す、すみま…」

言いかけてまた口をつぐむと、寒河江はふっと唇を開いて臍《へそ》のあたりにキスを落とした。

「壊しそうで怖くなる」

囁きながら腰骨に歯を立てられた瞬間、じわっとした甘い痺れが中心に向かって這い昇るのを感じた。

「……っ」

彼方が声をあげて身悶《みもだ》えるところばかり、寒河江の指先と唇は丹念《たんねん》に辿《たど》っていく。

ぷくりと尖った胸の先を何度も指の腹で撫でられるたびわきおこる、怪しい快感に目眩を覚えて、彼方はたまらずにじわりと涙を滲ませた。

「先…輩…」

「…うん?」

「そこ…そこ、もう…。や…です」

「どうしてだ?」

きゅっと摘《つま》まれながら問いかけられると、瞼が震えた。

「…じんじん、するから…」

長くて器用な指先。それに膨《ふく》らんだ胸の先端ばかり転がすように弄《いじ》られると、たまらない刺激が這い上がってくる。

弄られすぎて赤くなったそこを、できればもう触らないでほしくて、上にいる寒河江に涙目のまま訴えてみたのだが、なぜか『バカ』と苦く笑われただけで許してはもらえなかった。

「そんなこと言われたら、かえってやめられなくなるだろうが」

「ああ…っ」

それどころかその唇に、そこをきゅっと吸い上げられてしまい、彼方は頭をふり乱しながら、黒い髪をくしゃりとかき混ぜた。

ぼんやりとした頭の隅で、『ああいうタイプは意地悪でサドっ気がある』と言っていた響の言葉をなぜか思い出したが、今ならそれにも頷いてしまいそうだ。

「ん…ん…、や……、も…」

含まれていないほうの胸は、指先でそっと押しつぶされ、また腰が揺らめく。

「彼方…」

「んー…っ」

胸に吸い付かれたまま名前を囁かれると、鋭い快感がダイレクトに皮膚の下にまで伝わってきて、彼方は引き寄せた足でたまらずシーツに大きな皺を作った。

ひくりと喉が震えて、一筋涙が溢れていく。

「お前、前にも思ったけど…かなり感じやすいな」

囁きに、耳たぶまでカッと赤くなった。

かすかな笑みが含まれているのに気付いて、怖くなる。

もしかして寒河江のお気に召さなかったのだろうかと慌てて手のひらで口元を押さえると、『バカ。聞かせろよ』とさらに念入りに感じるところばかりを弄られてしまった。

「なんか…前と違う…」

以前も泣かされはしたけれど、こんなにしつこくはなかった気がする。

そっと舌で舐められるだけで震えるぐらい敏感《びんかん》になっているそこを手で庇《かば》いながら、涙目で訴えると、寒河江は『これが地だ』としれっと嘯《うそぶ》いた。

「前はお前がいちいちびくついてたから、これでも遠慮してたんだよ」

「別に、びくついてなんか…」

「びくついてただろうが。なのにあの男には懐きまくった上に、べたべた触らせてるんだからな」

呆れたような視線を向けられて、彼方は慌てて首を振った。

こんなところでまた、優しくしてくれる男にはすぐ懐いてほいほいついていくと思われでもしたらたまらなかった。

「あ、あれは…本当に変な意味はなくって…っ。ひーちゃんは昔からスキンシップが激しい人だったし。で、でもそれも、最近はなんだか変にためらっちゃって…」

「どうしてだ？」

「たぶん…、寒河江先輩じゃないから…？」

自分の中で探りつつ、素直な感想を言葉にして伝えると、珍しく寒河江は虚《きょ》を突かれたように目を見開いた。

だがすぐに照れたように笑ったその目は優しくて、それだけでどうしようもなく胸の中が熱くなる。

「そ、それに、寒河江先輩以外の人に触られても、こんな風には、たぶんならないし…っ」

こんな風にどうしようもなく身体が高ぶって、芯が疼《うず》くような心地にはきっとならない。

そのことだけは疑われたくなくて、必死で言い募ると、寒河江は苦笑しながら彼方の唇をそっと親指の腹でなぞった。

それがキスの合図だということを、彼方ももう知っている。

「わかった。もういい。もういいから、どうせなら……唇は有効なことに使ってくれ」

誘われるまま、唇を目の前にある寒河江のそれにそっと押し当てる。

半年前はただ見ているだけでしかなかった唇に、今はこうして触れることができる。キスをねだることさえも。

その喜びに胸がいっぱいになりながら、お返しとばかりに寒河江の唇をそっと舌で舐めると、奪うようなキスを返されて、目眩を覚えた。

貪るだけ貪っていた唇が、やがて鎖骨をとおって胸に寄り道をしながら、臍の下へと移動していく。それに気付いて、彼方は慌てて足を閉じた。

「……どうした？」

下半身はまだ触られてもいない。なのに完全に立ち上がってしまっているそこを見られたくなくて、太股をもぞもぞと動かしていると、わざと足を大きく割り開かされた。

間に寒河江の身体が入り込んできたせいで、足を閉じることもかなわなくなり、羞恥で体温がじわりと上がる。

あの綺麗な瞳に、立ち上がったそこを見つめられている。

それに耐えきれず、彼方は右手で顔を覆うようにして顔を背《そむ》けると、寒河江が覆い被《かぶ》さ

るようにして顔を近付けてきた。

「どうした?」

「……なんか、俺ばっかり…で」

自分だけ、みっともない姿を晒しているのがひどく恥ずかしい。

そう正直に告げると、寒河江は彼方の上でふっと目を細めた。

「バカ言うな」

聞いてるだけでくすぐったくなるような甘い声で、つれなく囁かれる。寒河江は呆れた顔を隠しもせず、彼方の鼻をきゅっと摘んだ。

「え…?」

そうして彼方の手を取ると、くつろげた自分の下半身へとそのまま導いていく。

熱く濡《ぬ》れた感触に触れたとき、彼方はびくりと指先を震わせた。

……わ。これって…。

手の中で堅く脈打つものに、息を飲む。

自分とは全く違うその質量に驚いて、一瞬ぱっと手を引きかけてしまったが、彼方はその衝動《しょうどう》を必死に押しとどめると、おっかなびっくり指をそこへ這わせていった。

先端をするりとかすめた瞬間、手の中のそれがぴくりと震えたのを感じる。

怖いぐらいの大きさに戦《おのの》きながらも、ひどく愛おしかった。

「同じだろうが」

耳に吹き込まれる囁きは、熱っぽく掠れていた。

見上げると、彼方を覗き込んでくるその双眸《そうぼう》が情欲に滲んで揺れていた。それに気付いて、彼方は情動に突き動かされるまま、指先をそっと絡ませていく。

初めて知る他人の熱なのに、すぐに夢中になった。

「……彼方」

堪えるように寄せられた眉が、壮絶《そうぜつ》に色っぽい。

――自分だけじゃない…。

寒河江もまた感じてくれているのだと知って、それがたまらなく嬉しかった。

「…そのまま握ってな」

囁き声にすらも感じてしまい、指先をそこに絡めたままこくこく頷く。

「あ……っ」

同じように立ち上がっていた下腹部を、寒河江の大きな手のひらにきゅっと包まれた瞬間、彼方はぶるっと全身を震わせていた。

それに呼応するかのように、手の中の寒河江自身もかすかに震えて熱くなる。

「は……、ん…っ」

「息を止めるなよ」

寒河江は彼方の額《ひたい》にキスを落とすと、そう低い声で囁いた。同時に背骨のラインを辿っていた長い指先が、つるりと最奥《さいおう》へ潜り込む。

一瞬だけ息をつめた彼方を気遣ってか、しばらく寒河江はじっとして彼方の額や胸に再びキスを繰り返していたが、やがて繊細《せんさい》な動きで動き始めた。

「あ…、…っ…」

キスの合間に、身体の中の感じる部分をゆっくりと探り当てられる。

ついでに下半身の熱にも手を添えられ、同じように動かされると、彼方は声もなく身悶えた。

入り込んできた指は次第に増えていき、中でぐっと曲げられて鉤状《かぎじょう》のまま壁を擦り上げられる。それだけで、堪えきれない喘《あえ》ぎが唇から零れ落ちた。

「……やっ…、先輩…、待って…、待って…、抜い……抜いてっ」

激しすぎる刺激に、首を振って懇願《こんがん》したもののそれはかなわない。

それどころか何度も繰り返し中を弄られ、訳が分からないまま身悶える。

ようやく望みどおり、その指先を抜いてもらえたときには、彼方は寒河江の手の中に全てを放ってしまっていた。

目の前が真っ白になり、はぁはぁと息を繋ぐ自分の呼吸だけが部屋の中に響いている。

その呼吸も整わぬうちに、弛緩《しかん》した身体にぐっと押し当てられた熱が、さらに彼方の声を奪っていった。

「……っ」

先ほど彼方の手の中で激しく脈打っていた大きくて長いものが、ぐっと奥まで入り込んでくる。

あれだけ丹念に中を弄られていたせいだろうか。痛みらしい痛みはほとんどなく、ただ痺れたような甘い疼《うず》きが擦れたそこから、這い上がってきた。

腰を回しながらゆっくりと揺さぶられると、それだけで息が乱れた。

強い刺激に思わず腰が逃げかけると、それを窘めるように深いところを少しだけ抉《えぐ》られる。

「んー…っ、……っ！」

瞬間、駆け抜けていった甘い痺れに彼方は息を止めた。

逃げ出さぬようしっかりと両手で引き寄せられ、深いところまで寒河江の形に開かれていく。

踵《かかと》が、足下のシーツをかき乱す。

「や…あぁ…っ」

そんな風にされると、深くて、少し怖い。

焦れったいほどの動きなのに、余すところなく貪られているのを感じて、彼方はただその首筋に抱きついたまま、しゃくり上げることしかできなくなっていた。

「先輩…、……ぁ…っ、寒河江先…輩…」

ぐっと中を穿《うが》つ腰の動きが、次第に早くなっていく。

「あ…ぁ……っ、あ…、………っ、あぁ……っ！」

同時に再び立ち上がって濡れそぼっていた先端部分を、寒河江の器用な指先で何度も擦られ、唇が甘く震えた。

どこを撫でられても気持ちがよかった。

少しだけ意地悪なくせに、ひどく優しい指先は、いつも彼方の理性をあっさりと崩していく。

「……っ！」

強く腰を引き寄せられる。深いところできつく腰を使われた瞬間、彼方は背を丸めるようにして、今日何度目かの絶頂《ぜっちょう》を迎えていた。

熱く濡れたものがじわりと中で広がっていくのにすら、どうしようもなく感じて、身体を小刻みに震わせる。

脱力して重なってくる男の重みが、たまらなく愛しかった。

そうしてその日初めて、彼方は恋人の寮長権限を利用して、部屋には戻らず、彼のベッドの中で夜中過ぎまでごろごろと重なり合っていた。

ノックをして生徒会室の扉を開きかけた瞬間、なぜか扉は内側から開かれた。

驚いていると、中から見知った小柄な人物がひょいと顔を出す。

「お、水谷君じゃん。相変わらず可愛いねぇ。今度、よかったら写真撮らせてくんない？」

言いながら、彼方の顔に触れてきたのは、確か先日寒河江といるときに声をかけてきた二年の先輩である。

その手には先日同様、小さなデジタルカメラが握られていた。

「……相模。それにむやみやたらと触るなよ」

途端に、部屋の中から鋭い叱責《しっせき》が飛ぶ。

だがそれを気にした風もなく、相模はひょいと楽しげに肩を竦めた。

「へいへい。おっかねー彼氏を持つと、君もいろいろと大変だね。ま、気が向いたら今度馴《な》れ初《そ》めとかも聞かせてよ」

「え…」

言うだけ言うと『そんじゃ毎度ありっと。今度もよろしくね』とひらひら手を振って出ていった相模は、確かあのいわくありげな裏新聞も作っている、新聞部の部長ではなかったか。

恐る恐る中を覗くと、寒河江は相変わらず仏頂面を見せてはいたが、特別、不機嫌というわけでもなさそうだった。

「今のって、たしか…新聞部の部長さん…ですよね？」

「そうそう。相模な」

答えてくれたのは、本日もまたドーナツを片手に栄養補給をしていた山本である。

寒河江と彼方が付き合っていることは、生徒会メンバーの中ではすでに周知の事実だったが、新聞部である相模にばれるとうるさいからこそ、彼方も口止めされていたはずではなかったか。

なのに、誰も相模の言葉を一向に気にしている様子もない。のほほんとしたその姿に彼方は不思議に思って首を傾げた。

そのとき、山本の前の椅子に座っていた中園とばちりと目が合った。

久しぶりにちゃんと真正面から彼を見た気がして、ドキリとする。

誰かが買ってきてくれたらしいドーナツの袋を小脇に抱えるようにしていた中園は、それに思いきりぱくついていた。

「あーこれ、宮本先生からの差し入れなんだけど、水谷も…一つ食べる？」

「い、いえ…俺はいいです」

そんなに名残惜しそうに袋を差し出されては、さすがに『はい』とは言い出しにくい。

特別お腹もすいていなかったのでふるふる首を振ると、中園は『そう?』とぱっと顔を輝かせた。

甘いものが好きとはいえ、よくもまぁそれだけ食べられるものだと感心してしまう。

「あ、そうだ。水谷には謝っとかないとね」

言いながら、指先についた砂糖のかけらを舐め取った中園は、その王子様のような顔に無邪気な微笑みを浮かべて、『ごめんねー』と呟いた。

「あの記事を新聞部に売っちゃえばって言ったの、俺なんだよね」

「はい?」

「寒河江は最初からしぶってたんだけど。まぁ、いろいろとあって仕方なくてさ」

もともと中等部の頃からおかしな噂があったため、それに便乗《びんじょう》する形で記事と写真を提供することになったんだよねと、悪びれもせず説明してくれた中園に、彼方は再び『……はい?』と首を傾げた。

――変だ。なにか自分は、とんでもない聞き間違いをしているのではないだろうか…。

「今年の三年の追い出し会に、もうちょっとだけ色をつけてあげたかったんだけど、ちょっと予算が足りなくてね。売れそうな題材が他になかったから、それに決めちゃったんだ。おかげでトトカルチョこみでかなり儲《もう》けさせてもらったんだけど、まさか水谷がそんなに気にしてるなんて知らなかったからさー。……勝手に彼氏借りちゃって、ごめんね？」

『あ、寒河江からはもう死ぬほど怒られといたから』などと口にしつつ、ちっとも気にした様子もなくあっけらかんと笑った中園に、彼方はとうとう口元を引きつらせた。

「売り上げは新聞部と5・5っていうのが、歴代のパーセンテージなんだけど。今回に限っては演技までしてあげたんだし、6もらってもよかったなぁ」

「……よく言うな。人が支えてやってる横で、腹を抱えて笑っていたのはどこのどいつだ」

憮然とした顔で寒河江が話しているのは、もしや……あの写真のことだろうか。

裏新聞の一面を飾っていた、寄り添う二人が意味深な……。

「えー、だってさ。あれで笑わずに済むほうがおかしいだろ」

そう言って笑う中園は、いつもどおりさわやかな好青年を地でいっている。

なのにその唇から語られる内容は、どれもこれも彼方の理解の範疇《はんちゅう》を超《こ》えていた。

「……あ、あの。聞いてもいいですか」

「ん？　なになに？」

「その、新聞部と生徒会って、昔から犬猿《けんえん》の仲なんじゃ…？」

表面上は大人しくしていても、実際はお互いを憎々《にくにく》しく思っており、なにかないかぎり互いのテリトリーには近寄りもしないというのが定説だと聞いていたが、あの噂はどこへいってしまったのだろうか。

だがその疑問を口にした瞬間、中園は『水谷って、本当にピュアだよねぇ』とにっこり微笑んだ。

「もし本当にそうだったら、とっくに裏新聞なんて存在自体がなくなってると思わない？　ガリ版をどこで刷ってるかなんて、ちょっと探ればバレバレなんだし。こうも隔絶《かくぜつ》された世界じゃ、ちょっとした娯楽も必要だって分かってるから、先生たちも本気で摘発《てきはつ》する気がないいんだろうしさ」

「ええっと……。つまり……」

軽い目眩を覚えながらも、こめかみのあたりを指で押さえる。

「その…、みんなが、グル…ってことですか…？」

それを口にするのはさすがに少し勇気がいったが、そんな彼方とは対照的に中園は『やだなー。友達だって言ってほしいな』とこれまた悪びれずに笑った。

もしかして、自分は今……一般生徒が知ったら目を剝いて怒りそうな事実を、聞かされているのではないだろうか。

そんな不安が頭をよぎったが、彼方以外の誰一人として驚いた様子がないところを見ると、これもまた生徒会の中では当たり前の事実だったようだ。

中園や寒河江はもちろん、生徒会のメンバーはみんな素晴らしく、自分などではとうてい適《かな》わない人物ばかりが集まっているとは思っていたが、想像していた以上にここは魑魅《ちみ》魍魎《もうりょう》が住んでいそうな世界だと改めて思い知らされる。

「あのさ一応言っとくと、俺と寒河江って父方のほうの従兄弟《いとこ》なんだよね。わざわざ公表とかしてないけど」

だから勘弁《かんべん》してやってよと告げた中園は、どうやら彼方がまだあの記事に関して落ち込んでいるんじゃないかと、気にしてくれているらしい。

それに彼方は、慌てて『大丈夫です』と頷いた。

「その話なら昨日、寒河江先輩から聞きました」

「あ、ベッドの中で？」

さすがになんと答えればいいのか分からず、ただ耳を赤くする。

昨夜、中園が実は従兄弟であると寒河江から聞かされたのは、確かに彼のベッドの中だったからだ。

生徒会の中ではすっかり周知の事実だったし、まさか彼方が裏新聞などといった俗《ぞく》っぽいものを読むとは思いもしていなかったために、説明するきっかけを逃したらしい。

どうせトトカルチョをしている短い間だけの話だったし、余計な心配をかけまいと新聞部のネタは彼方にも口外しないよう伝えていたのだが、それがかえってあだになったと寒河江は珍しくぼやいていた。

「水谷もこれだけここに通ってるんだし、もうとっくに知ってるもんだと思ってたんだけど、やっぱりかなり鈍いんだねぇ」

中園にまでしみじみ言われると、さすがに微妙な気持ちになったが、自分がとろくて鈍いのは間違いないため、それには素直に頷くだけに留めておいた。

「でも、本当にあの新聞を見たときはびっくりしました。二人とも、かっこよくて目立つし、すごくお似合いで…」

そんな二人だったからこそ、トトカルチョなども成立したのだろう。

結局元サヤには戻らなかったらしいという、その結果を載せた追加の裏新聞が出たとは聞いているが、さすがに今回は彼方もそれを買い求めることはしなかった。

お似合いという彼方の言葉に、寒河江は眉を寄せて『やめろ。考えるな。気色悪い』と激しい拒絶を示していたが、中園は『ひどいなぁ』と笑いながらもちっとも傷付いた様子がないのが不思議な人である。

「でもさぁ。俺としては、水谷がそこまでヘコんだのは、寒河江にもやっぱり問題あるからだと思うんだよな」

それまで大人しくドーナツをほおばっていた山本が、ここぞとばかりに身を乗り出すのを見て、寒河江はムッとしたように目を細めた。

「……どういう意味だ?」

「どうせプライドの高いお前のことだからさ。ちゃんと好きだとか、愛してるとかって水谷に一度も言ってやったことがないんじゃねーの？　それじゃ水谷だって、不安にもなるよなぁ？」

　こちらにそんな話を振られても困ってしまう。

　寒河江はピクリと頬を引きつらせただけで、友人からの茶々にも相変わらず無表情のままだったが、嘘のヘタな彼方は『はは…』と苦く笑うくらいが精一杯だ。

「べ、別に、大丈夫ですから。もう…」

　確かに山本の読みは当たっていたが、今はそんなことで揺れたりしない。

　寒河江の気持ちなら、あえて言葉にしてもらわなくとも、ちゃんともうもらっていた。

　考えてみれば、これまでだって寒河江の行動にはそうした甘い気持ちが溢れていたのだ。

　優しいキスや、膝枕に。

　なのにどうしていちいち不安になっていたのか、今では不思議なくらいである。

　甘い言葉を苦手としている彼は、わざわざ言わなくともちゃんと態度で示してくれる。

　それを自分は最初から信じていればよかっただけの話だ。

「いやいや。愛はちゃんと語らないとな。どうせなら、今言ってやれば？　ここでさ」

「え、ええっ？」

　ニヤニヤとした顔付きで、とんでもないことを言い出した山本に声をあげる。

　ちらりと視線を向けると、寒河江は珍しく苦々しい表情を隠しもせず、余計なことを言い出した友人を睨み付けていた。

「いい考えじゃん。なぁ、水谷」

「…山本。いいからお前は黙ってろ」

「なんだよー。そんなけちけちすんなって。俺としてはさ、その仏頂面が、どんな顔して甘い言葉を囁くのか、そっちのほうがよっぽど気にな…ッ、…ッ……！」

話の途中ではあったが、ガツッとなにか激しい音がして、山本がその場に倒れ伏す。

寒河江の手から離れて、山本の後頭部にクリーンヒットしたらしい英和辞書は、そのまま明後日《あさって》の方向へと飛んでいった。

他のメンバーたちは、すでに触らぬ神に祟《たた》りなしとばかりにさっと視線を外している。

寒河江も床に倒れ伏した友人にフンと鼻を鳴らしただけで、『大丈夫か？』とも聞かずに再び机に視線を戻してしまった。

これでちゃんと仲がいいのだから、本当にここの人たちの絆《きずな》には凡人の彼方などでは計り知れないなにかがあるらしい。

「彼方、ちょっといいか？」

そのとき、トントンと扉を叩く音がして、響がきまり悪そうに顔を覗かせた。

「ひーちゃん」

それに気付いて、とことことそちらに近寄っていく。

昨日あんな風に別れてしまったことを彼方もずっと気にしていたため、響がわざわざ会いに来てくれたことにぱっと顔を輝かせる。

「二人で話があるんだけど。ちょっとだけいいか？」

「あ…」

それはもちろん嬉しかったたし、彼方も謝りたかったのでちょうどよかったが、恋人がなんと言うか分からずに振り返る。

寒河江は相変わらずの無表情のまま、響と彼方を見比べていたが、やがて『二十分以内なら』とだけ告げると、再び書類に視線を戻してしまった。

それにぺこりと頭を下げ、慌てて廊下へ出ていく。

響に連れられるようにして渡り廊下から外へ出ると、十月の晴れ渡った空が目に染みるように青かった。

「ひーちゃん。その…、昨日はごめんね？」

その背中にそっと謝ると、響はぎくしゃく振り返りながら『いや…』と首を振った。

「こっちこそ、なんか余計なお節介したみたいで悪かったな。それを言いたかったんだけど……なんかきまり悪くてさ」

「ううん。そんなことないよ。ひーちゃんが、俺のことを心配して言ってくれてるんだっていうのはちゃんと分かってたし」

だから気にしないでと笑うと、響も『そか』とつられたように笑ってくれた。

その笑顔にほっとする。

「でもお前さ…その、本当に大丈夫なのか？」

「え？」

「その…あいつに無理矢理泣かされたりとかは…」

少し赤くなっている彼方の目元をちらちらと見つめながら、言いにくそうに尋ねてきた響が、なにを心配してくれているかに気付いて、彼方はそっと頬を染めた。

「うん。大丈夫だよ。……寒河江先輩は優しいし」

「……優しい…か」

『うっわ。やっぱり想像がつかねぇ』と呻く響を安心させるように、彼方はにこっと微笑んだ。

昨夜も、朝方までいろいろと可愛がられはしたものの、それは彼なりの愛情表現なのだと知っている。苦手な言葉の代わりに、寒河江は行動が雄弁《ゆうべん》なのだと思う。

「もともと、先輩は男相手に恋愛とかって意識したことがなかったみたいなんだよね。だから、片想いしたってかなわないってことは知ってたんだけど……。それでも俺は、ずっと諦められなくて…。寒河江先輩のことが、どうしても欲しかったから、せめて傍にいたくて生徒会の手伝いに入ったんだ。先輩もそれを知ってたのに、ずっと傍に置いてくれて……。寒河江先輩は、分かりにくいけど、やっぱり優しい人だと思うよ」

「…そんなに欲しかったのか…」

「うん」

力なく聞き返してたきた響に、彼方はこっくり大きく頷いた。

そのさわやかな表情を目にしてしまったらもう、納得するしかないと諦めたのか、やがて響は『そっか。どうしても欲しかったんじゃあ、しょうがないよな…』とぽつりと呟いた。

その寂しげな横顔を見る限り、どうやら響は花嫁の父親にでもなった心境でいるらしい。

「やだな、ひーちゃん。しんみりしないでよ」

寒河江と響は別の存在なのだし、恋人ができたとはいえ響のことをないがしろにするつもりはない。これからも親しいお隣さんと兄代わりとして、ずっと大切にしていくつもりでもある。

そう告げると、響は感動したように目を潤ませたが、やがてはっとなにかに気付いたようにその口元を引きつらせた。

「彼方。お前……それさ、兄ちゃんズには絶対言うなよ？　恋人ができたとか。しかもその相手が男だとか。特に、立佳には絶対に…」

「はる兄？」

なぜここで立佳の話題が出てくるのか分からず、首を傾げる。

「多分、俺以上に立ちなおれないと思うぞ…あいつ」

そんな彼方に、響はどこか遠い目をして呟いた。

なんだかんだと言いつつも、やはり二人は仲がいいらしい。

自分のショックを立佳のものと置き換えて、心配している響を見て、彼方はしみじみとそう思う。

「……誰に、なにを言わないって？」

突然、割り込んできた懐かしい声に、二人はぱっと振り返った。

「はる兄！」

まさかと思いはしたが、そこにさわやかに笑って立っていたのは、水谷家の長兄である立佳だった。

久しぶりに会った兄は、文句なくかっこよかった。仕事のついでに寄ったのか、スーツ姿にきっちりとしたネクタイを締めた立佳は、凛々《りり》しい顔立ちがさらに際立っている。

「はる兄が、どうしてここに？」

「さぁ。どうしてだろうな。可愛い弟の様子を見に来たついでに、いろいろと確認したいことがあってね」

「確認したいこと？」

「ああ。それに実習中はうちから通ったらいいよと言っておいたのに、勝手に寮に入ってしまった意地っ張りな誰かさんもいたし」

尋ねると、立佳はいつもの甘い笑みで彼方ににっこりと微笑み返してくれた。

女性ならくらりときてしまいそうな悩殺《のうさつ》スマイルだ。

それに見慣れている彼方は別として、なぜか彼方の隣で声もなく固まっていた響は、その笑みに『ひ…っ』とおかしな声をあげた。

「なんだ。ひーちゃん、はる兄のところから通う予定だったんだ」

「いや…そんな話は別に…して…」

「したよね？　誰かさんは聞かないふりをしてたみたいだけどね」

ならば、わざわざ立佳が仕事の合間にこうして鷹ノ峰までやってきたのは、響を迎えにきたということか。

響の様子から立佳とはまたケンカしているのかと思っていたが、どうやら今回のそれもたいしたことはなかったらしいと知って、彼方はほっと胸を撫で下ろした。

「はる兄は一人暮らしなんだし、ひーちゃんも別に遠慮なんかしなくて大丈夫なのに」

「ねぇ。しなくていいのにねぇ」

彼方の言葉にニコニコ笑って頷いている立佳とは対照的に、なぜか響は顔色を失《う》せさせたまま、顔の前でぶんぶんと手を激しく左右に振っている。

「いやいやいや…遠慮というより、本気で俺は、官舎で大丈夫だし…」

そんな響の言い分をさらりと無視すると、立佳は末の弟にじっと向きなおった。

「ところで、彼方。なんだか目が赤いようだけど…」

「あ…うん。大丈夫だよ」

相変わらず観察眼の鋭い兄に、彼方はそっと視線をそらした。

「もしかして、誰かにいじめられたりしてないかい？」

「やだな。そんなことないってば…」

目元がやや赤いのは、そんなことが理由じゃない。

むしろ幸せすぎたせいなのだが、さすがにその理由を兄には言えずに赤い顔をして俯くと、立佳は『ふむ…』と顎に指を当てた。

「いじめてたのは、狩野先生ですよ」

「寒河江、お前…っ」

そのときどこからともなく現れた寒河江の言葉に、響は『余計なこと言うな！』と激しく肩を怒らせた。

「というと？」

それに立佳が聞き返す。

「弟さんが健気《けなげ》にも自立したいと思って寮に入ったのに、狩野先生はそれがどうやらお気めさなかったみたいですね。無理矢理連れて帰ろうとなさっていたので、引き留めさせていただきました」

「そう。それは余計な手間をかけさせてしまったな」

初対面であるにも拘《かか》わらず、目線だけで挨拶を済ませた立佳と寒河江は、横でなにやら騒いでいる響をさらりと無視して会話を続けた。

「君は…確か寒河江君だったね。現寮長の。うちの愚弟《ぐてい》がいろいろと世話をかけているようで。邪魔してないかい？」

「いいえ。手をかけさせられるのも、なかなか新鮮ですし。可愛い弟さんのことなら、責任をもってお預かりさせていただきますので」

「そう。君とはそのあたりのことを、一度ゆっくり話合いたいものだとは思っているのだけど、今回はさすがにまず先に片付けないといけない問題があるみたいでね」

「ええ、そうですね。ご自分のものにはちゃんと名札をつけておいたほうがいいですよ」

「そうさせていただくよ」

にこにこ笑いながら、よく分からない会話を続けている二人の隣で、響はなぜかますます顔面蒼白《そうはく》になっていく。

「ひーちゃん？　どこ行くの？」

だが、次第にそろそろとその場を離れようとしているのを不思議に思い、彼方が声をかけると、響は『しっ』とひどく慌てた様子で口元に指を当てた。

「どこへ行くんだい？」

だが立佳に声をかけられた瞬間、響は条件反射のようにぴたっと立ちどまった。

そこから立ち去るわけでもなく、かといって傍に寄るわけでもなく、だらだらと脂汗《あぶらあせ》を浮かべて立ちつくしている響を見上げて、彼方は小さく息を吐いた。

「ひーちゃんさ。今日ははる兄と帰ったら？」

わざわざこんなところまで、迎えに来たぐらいだ。

立佳も響と仲直りをしたいと思って来たに違いなかったし、なんだかんだと言いつつも、子供の頃から響は立佳に逆らえきれた試しがないことを彼方も知っている。

「待てっ！　待て、待て。彼方。彼方…っ。お前、俺を見捨てるつもりか」

「見捨てるなんて…。ひーちゃん、はる兄とケンカしてたんでしょ？　ならいい機会だし、ちゃんと話し合ってきなよ」

「いや、そんな恐ろしいこと…」

わだかまりを持ったままでいるよりも、ちゃんと話合ったほうがいいからと思って声をかけたのだが、響はそれに青ざめたままぶんぶんと首を横に振った。

だが。

「響」

鶴の一声が飛ぶ。

低い声で名を呼ばれた途端、背筋をピンと伸ばして動かなくなった響は、ぎぎぎとまるでさび付いたブリキのおもちゃのように、立佳をゆっくりと振り返った。

「入り口に車を停めてあるよ」

「お、俺はまだ一緒に行くなんて言ってないし…っ」

珍しく、それでもまだ抵抗をやめる気はない響に、立佳はとどめとばかりににっこりと微笑んだ。

「いいから、乗りなさい。……じゃないと、あとが怖いよ?」

それが決定打だったらしい。

がっくりと項垂れながらも立佳のあとをとぼとぼとついていく響の後ろ姿は、まるで市場に売られていく仔牛《こうし》を連想させた。

「変なの。いつもすごい仲がいいのに…」

ここまで意地を張る響を見たのは、初めてのような気がする。

『じゃあ、次の連休には実家にも顔を出すようにね。父さんたちも待ってるから』とにっこり笑って、彼方の頭を撫でていった立佳を、彼方とともに見送っていた寒河江は、やがて重苦しい溜め息を吐き出した。

「お前の兄さん。あれは一筋縄じゃいかないだろ…」

『どうせ生徒会室を出てきたのだから、たまには少しさぼりにいくか』と、先を歩き出した寒河江に続いて裏山をのぼり始めた彼方は、しばらくして緑の木々に囲まれた広い場所に出た。

ここは桜坂として有名な裏庭だ。春になると、辺り一面いっぱいの桜で覆い尽くされる。

——そういえば、寒河江先輩ともここで初めて会ったんだっけ……。

春先の少しほろ苦い思い出を振り返って、彼方は懐かしさに微笑んだ。

生まれて初めて『好きです』と誰かに告白をして、『くだらない』と容赦なく返されたのもこの場所だった。

「一人でニヤニヤ笑っているな。気持ちが悪い」

そう言いながらも、寒河江が本気で言っているわけではないことは、もう知っている。

その証拠に、寒河江は彼のお気にいりらしいひときわ大きな木の下に彼方を座らせると、その膝に頭を預けるようにしてゴロリと横になってしまった。

彼がこんな風に、無防備な姿を見せるのは限られた人間の前だということを知っている。

それが彼方には嬉しくてたまらなかった。

山本の指摘どおり、いまだに寒河江からの言葉はないが、だからといっていちいちそれに『今も同情してくれてるんじゃないか』と考えては、くよくよ悩むことはもうやめることにした。

同情でも、ほだされてくれたからでも、構わないのだ。

寒河江が、彼の意志で自分と一緒にいてくれるのならば。

「そういえば…」

「はい？」

「お前は……いろいろなやつに懐きすぎだな。ああいうのはもうやめておけ」

彼方の膝の上で目を瞑ったまま、ぽつりと文句を漏らした寒河江に首を傾げる。

「ああいうのって…」

いくら兄がわりとは言え、響とくっついていると寒河江の機嫌が格段に悪くなるらしいと知ってからは、響にも以前のようにくっついたりしないようにしている。

そのため、寒河江の言う『ああいうの』というものの意味が分からなかった。

「えっと…ひーちゃんのことですか？」

「違う」

確かめるときっぱり否定されてしまい、ますます困惑した。

自分はまたなにか失敗していただろうかと不安になっているうちに、寒河江は小さく溜め息を吐きながら、寝返りを打った。

「……前に食堂で、坂田に箸で食わせてもらっていただろう。ああいうのを、やめろと言ったんだ」

むっつりと呟かれた言葉に、目が点になる。

正直いつの話のことか分からず、しばらく思い悩んでしまったが、それがかなり前に食堂で寒河江から手を振られたときのことだと、ようやく思い当たった。

だが、そんな彼方自身ですら言われなければすっかり忘れていたようなことを、寒河江が気にしていたとは思わずに、ぽかんとしてしまった。

「え…あの…」

「俺は恋人に対しては、ひどく心が狭いんだ。だから、次から気を付けるように」

「え…はい。えっと………あれ？」

でもその言い分だと、まるで坂田にまで嫉妬《しっと》しているように聞こえてしまう。

そんな彼方に、『……お前は本当に、どこまで鈍いんだ』と吐き捨てた寒河江は、忌々しげにはぁと大きく溜め息を吐くと、のっそり起き上がった。

「あのな…」

「はい？」

ふいに真正面からまっすぐ覗き込まれて、心臓が苦しいぐらいに脈を打った。

ここで初めて恋に落ちたときと変わらない、澄《す》んだ青空みたいな綺麗な瞳。

まるで時がさかのぼったかのような感覚を覚えて、彼方は目を瞬かせる。

あのときと違うのは一面に咲いていた桜の花びらが今はもうないことと、寒河江がなぜか、少しだけ怒ったような、照れたような顔をしながらも、じっと自分を見つめ返してくれていることだ。

なにか言いたいことでもあるのだろうかと思って首を傾げると、寒河江はふっと目を細めて、その唇を寄せてきた。

「………」

風に乗って流れてきた小さな声。

それに彼方の大きな瞳が、静かに見開かれる。

初めての甘い告白は、今度こそちゃんと彼方の心まで届いて、静かに染みていった。

あとがき

こんにちは。ガッシュ文庫さんでは初めましての可南《かなん》です。

今回は縁ありまして、とても懐かしい作品をリメイクする機会をいただきました。ありがとうございます。半分以上は書き下ろさせていただきましたが、土台は懐かしい同人誌からです。

懐かしき学園ものです。生徒会もので男子寮ものです。そしてラブコメです。

なんだかものすっごく時代の流れに逆らっているような気がしないでもないのですが、コテコテを楽しんでいただけたらと思っています。

きっと学園モノスキーが今もどこかにいると信じて、こっそりやらせていただきましたが、『これでいきましょう』とお声をかけてくださった担当さまのチャレンジ精神には、脱帽です。

そして今回も本当に本当に、お世話をおかけしました。一緒に修羅の道を歩いてくださいまして、ありがとうございます。いつも泣き言ばかりですみません…。

またとてもステキなイラストで華を添えてくださいました、六芦《りくろ》かえで先生。学園モノスキーのお仲間と聞いて、勝手に心の同志と思っております。ご迷惑おかけしましてすみませんでした。

本編ではイラストのなかった兄ちゃんまで描いてくださいまして、嬉しいです。ありがとうございました。

表紙の二人は、どうやらツンデレカップルらしいです。帯があると、まるで意地悪な上級生が下級生を壁際に追い詰めてる図（?）のようにも見えますが、帯を外すとデレな二人が見られますので、どうぞみなさまも帯なしバージョンも楽しんでみてください。

コテコテを楽しもうと好き勝手に書かせていただいたため、主人公の周りにはおかしなキャラばかりが集まってしまいました。一人でも気に入っていただけましたら幸いです。というか登場人物が多すぎです…。

今年はどうやら懐かしい作品に触れる年のようですので、またどこかでお会いできましたらよろしくお願いします。

よろしければ感想もまた、聞かせてやってくださいませ。

ではでは。

２００９年　初夏　可南さらさ

大変楽しく描かせて
いただきました!
良いですね、学園モノ!(笑)
この二人の学生時代も
楽しそうです*
六芦かえで.

KAIOHSHA ガッシュ文庫

告白～キスをするまえに～
（同人誌収録作品を改稿）
告白～キスをしたあとで～
（書き下ろし）

告白
2009年7月10日初版第一刷発行

著　者■可南さらさ
発行人■角谷　治
発行所■株式会社 海王社
〒102-8405
東京都千代田区一番町29-6
TEL.03(3222)5119(編集部)
TEL.03(3222)3744(出版営業部)
http://www.kaiohsha.com
印　刷■図書印刷株式会社
ISBN978-4-87724-982-3

可南さらさ先生・六芦かえで先生へのご感想・ファンレターは
〒102-8405 東京都千代田区一番町29-6
(株)海王社 ガッシュ文庫編集部気付でお送り下さい。

KAIOHSHA ガッシュ文庫

残酷な指が狂わせる

洸

イラスト／山田シロ

自ら捨てた恋に、南は今も囚われている。高校時代、バレー部の部長だった南隆彦は、後輩でエースの神崎修司に盲目的に愛された。その情熱に愛しさを感じつつも、彼の将来に不安を覚えた南は別れを切り出す。数年後、共に戦うビジネスマンとして再会した南と神崎だったが…。

恋愛調教

しいな貴生

イラスト／一馬友巳

セックスって、こんな激しいものなんだろうか。大手菓子メーカー営業の基岐は、年下の研究員・啓一に熱烈なアプローチで堕とされて今に至る。傲慢で鬼畜でちょっぴり優しい啓一に、心も身体も翻弄される基岐。愛されてるのか、調教されているのか、基岐はわからなくなってしまい!?

眼鏡屋と探偵

月宮零時

イラスト／砧 菜々

眼鏡屋店員の瑞穂は、眼鏡が似合うイイ男が好きなメガネフェチ。ある日接客をしたのは、整いすぎて無個性な顔の男。馴染みのゲイバーで、違う眼鏡と違う服装の彼に再会。声をかけると「よく俺が分かったな」と言う。彼は高槻亮介、『眼鏡を替えると別人になる』探偵だ。亮介に興味を持った瑞穂は…？

この世の楽園

綺月 陣

イラスト／朝南かつみ

桂城バンク勤務の蔵野悠介はある日突然、グループ総裁子息・聖也の「教育係」に任命される。大学生の聖也は純粋で美しい青年だが、あまりに高慢だった。これまで冷静沈着を貫いてきた悠介も一筋縄ではいかない聖也に手を焼き、その境遇に耐え切れず苦手な弟・賢司にこの仕事を押し付けようと助けを求めたが…？

御曹司の花嫁

愁堂れな

イラスト／かんべあきら

操は悲しみに暮れていた。以前より密かに想いを寄せていた温厚で誠実な親友・小早川が結婚してしまうというのだ。そんな操の元に小早川がやってくる。「花嫁に逃げられてしまったのだが、結婚式を挙げねばならない。同名の操に花嫁の代わりになってほしい」と懇願され、それを受け入れてしまい…？

個人教授

秀香穂里

イラスト／やまかみ梨由

塾講師の俊一は、かつての同級生の弟・育美の家庭教師をすることになった。しかしそこで俊一が高校時代、育美の兄に性欲の捌け口にされていたことを思い出されてしまう。育美の荒々しい愛撫に翻弄される俊一。育美の執着に戸惑いながらも、俊一は以前、育美に対して歪んだ快感を覚えたことを思い出して…。

黒豹の騎士
～美しき提督の誘惑～

橘かおる
イラスト／つぐら束

空を駆ける最新鋭の「黒船」を所有する傭兵の牙。軍事大国アリストを訪れた牙は、海軍で艦長を務める提督・ルロイから丁重な歓迎を受ける。気位の高い大貴族出身のルロイが、ただの傭兵に対して…まるで誘惑ともとれる歓待。彼の狙いが「黒船」だとわかっていても、牙は無防備な媚態に魅せられてしまうが…？

ようこそ。

谷崎 泉
イラスト／高城たくみ

堅実に人生を生きてきた冴えない独身四十男の大黒谷は、ふとした事から、ひとまわりも年下で天然のゲイ・西舘ステラの世話をあれこれ焼くハメに！ 元モデルで超美形だけど怠け者のステラの汚部屋を片付けたり…見るに見かねてする事一つ一つに感動するステラに振り回されっぱなしの大黒谷だったが…!?

陰猫

水原とほる
イラスト／草間さかえ

会社員の雅幸は結婚式直前に婚約者に失踪されてしまう。穏やかで真面目な雅幸は彼女を捜すため、彼女の弟・綱紀の元を訪れた。不本意ながらも捜索を手伝ってくれる綱紀に惹かれていく雅幸。ねだられると拒めないのは恋なのか。気づけば雅幸の心は綱紀に傾きはじめていた。ああ、この旅が終わらなければ――。

KAIOHSHA ガッシュ文庫

水曜日の悪夢

夜光花
イラスト／稲荷家房之介

高校の音楽講師で元バイオリニストの和成は教え子の真吾の類まれなる才能に惚れこんでしまう。ある日、和成は父親からの虐待に苛立つ真吾を預かることになった。突然無口な真吾に激しく求められて、和成は戸惑う。しかし愛を知ることによって、真吾の才能を更に伸ばせるならと偽りの愛情を与えてしまい…。

帝王と淫虐の花

あさひ木葉
イラスト／朝南かつみ

艶やかな美貌の朱雀雪緒は若くして一つの組を統べる極道。ある日、香港黒社会に君臨する麗峰を殺せとの命が下り、雪緒の心は揺れる。なぜなら、麗峰は密かに想い続けていた男だったからだ。昔、麗峰の性奴だった雪緒は、生きる拠としてきた男を殺すか否か、迷いを抱えたまま雪緒は香港に向かう…!?

蒼い海に秘めた恋

六青みつみ
イラスト／藤たまき

幼い頃から憧れていたグレイに会いたい一心で彼の元にやってきたショア。男らしく精悍なグレイは、想像以上の優しさで迎えてくれる。しかしある日グレイを騙したと誤解され、彼に突き放されてしまう……。けなげなショアに訪れた最初で最後の恋の行方は…？

KAIOHSHA ガッシュ文庫

純愛のジレンマ

火崎 勇

イラスト／奥貫 亘

数々のホテルを有するグループ社長の父親が病に倒れ、普通の大学生だった由比の生活は激変した。突如、次期社長候補として教育を受けることになった由比は、家庭教師を任された謎の男・大津宗賀のマンションに住まわされて、帝王学を詰め込まれる日々。無愛想で高飛車な大津の子供扱いに耐えきれなくなった由比は…？

ずっと愛しいくちびる

柊平ハルモ

イラスト／小路龍流

「愛人」として代議士秘書・統一郎のもとへ預けられた高校生の譲葉は、今は彼の秘密の恋人。しかし、立場の差、年の差ゆえにうまくいかないこともあり、辛い思いをしてやっと手に入れた幸せは、つかの間の夢になってしまいそうで…。恋を知って大人になる——甘く切ない純愛。

執事に恋してはならない

御木宏美

イラスト／巴里

豪華客船の実習中、基は全てを兼ね備えた執事の永坂のもとでCAとして働くことになった。自分が男を愛する性癖であると永坂に知られ、憤りを感じた基は永坂に快楽を賭けた勝負に挑み、駆け引きが始まった！

KAIOHSHA ガッシュ文庫

どこまでも。なにがあっても。

吉田珠姫

イラスト／のやま雪

善臣と幸彦は、幸せの真っ只中にいる。結婚式を終え、善臣の家の離れでふたりだけの生活をはじめることに。朝の目覚めから隣に大事な人がいるということに戸惑いつつも、言いようのない幸福に満たされている幸彦は、善臣と一生をともに生きていくことを改めて決意し…。待望の書き下ろし新作！

バカな犬ほど可愛くて

英田サキ

イラスト／麻生 海

男との恋愛経験豊富な成瀬は、見目はイイのに恋愛に関してはとことんダメな男の苅谷に片思いをしている。高校以来の付き合いで二歳年下の後輩の苅谷は、隣に引っ越してきてから毎晩夕飯を食べにくる甘えたがりの可愛いワンコ。しかしある日苅谷に、好きな男ができたから男同士のHを教えてくれと迫られて!?

溺れる純愛

杏野朝水

イラスト／紺野けい子

仕事は完璧、愛想は皆無。営業一課でクールビューティの異名を持つ岸原。年に一度、神経を尖らす繁忙期を前にして、同期の都倉が栄転してきた。仕事はできても常に揶揄う口調の彼は、岸原に冷静さを失わせる…いけ好かない男。けれど親睦会で、酔い潰れて記憶を失った岸原はその夜、彼のベッドで目覚めて…!?